KB101878

우리가 세계에 기입될 때

한유주

우리가 세계에 기입될 때

워크룸 프레스

일러두기

이 글은 『들어본 이야기』(미디어창비, 2020)에 수록된 「헤엄치는 밤」의 연장선에 있으며, 계간 『문학동네』 2020년 봄 호에 수록된 「눈과 호랑이와 고양이가」를 다시 쓴 것이다.

한 여자가 눈이 내리기로 예정된 거리를 걷고 있었다. 오후부터 눈이 올 거라는 예보를 제외하면 평범한 골목길이었다. 2차선 도로 양옆으로 한 동네를 구성하는 데 필요한 요소들이 늘어서 있었다. 예컨대 꽃집, 철물점, 카페, 편의점, 점심때만 설렁탕을 파는 식당과 모퉁이 만두 가게, 부동산들, 다시 꽃집, 베트남 음식점, 프랜차이즈 빵집, 카페들, 노래방, 태권도장, 술집과 다시 편의점. 그리고 전봇대와 이가 나간 보도블록, 소화전, 누군가가 무심코 버린 영수증 조각, 유리 조각, 갈수록 희귀해지는 동전들, 누군가 고의로 놓아두고 간 플라스틱 커피 컵, 빨대들, 머리 끈, 한때 신체의 일부였을 손톱 조각, 귀걸이 한 짝, 양말 한 짝. 맥주병 뚜껑, 낙엽들, 부스러기들, 잔해들. 부스러기나 잔해가 될 것들. 비좁은 인도. 비좁은 인도에서 마주 오는 보행자를 마주칠 때마다 여자는 흠칫 몸을 떨었다. 그러면 상대방은 잠시 차도에 내려서거나, 여자를 그대로 어깨로 밀치고 좁은 공간을 통과했다. 여자는 약국과 카페와 국숫집을 지났다. 겨울치고는 춥지 않은 날이었다. 그렇다고 하자. 약간의 온기. 여자가 베트남 음식점 앞을 지날 때, 마침 거기서 만족스럽지 못한 식사를 마치고 나오던 손님과 부딪힐 뻔했다. 손님이 문을 열고 거리로 나올 때 음식점 안의 훈기도 같이 빠져나와 여자에게 닿지만, 여자는 그 따스함을 거의 느끼지 못했다. 여자와 손님이 아슬아슬하게 스칠 때, 음식점 유리문 안쪽에 브레이크 타임을 알리는 안내문이 걸렸다. 3pm–5pm CLOSED. 해서 여자는 시간을 굳이 확인하지 않아도 되었다. 딱히 시간을 확인할 생각도 없었을 것이다. 잔뜩 흐린 날이었고, 거리에는 매캐한 냄새가 감돌았다. 나쁜 공기가 두꺼운 구름을 뚫지 못하고 자꾸만 바닥으로 내려앉고 있었다. 온통 빨간색과 금색으로 장식한 타로 점방을 지나칠 때, 여자는 주먹을 꽉 쥐었다. 여자의 양 주먹은 코트의 양 주머니에, 오른손 주먹에는 조금 전 금속 공방에서 훔친 은제 귀걸이 한 쌍이 들어 있었다. 조그만 금속들은 손의 온기가 전해져 따스했다. 여자의 심장박동이 다시 빨라졌다. 소화전, 탁한 분홍색 보도블록들의 틈 사이에서 잡초가 얼어 죽은 흔적. 여자는 그 모든 것들을 보면서도 보지 않았다. 가느다란 바람이 불고, 편의점 외부 가판대에 아무도 찾지 않는 일간지 1면이 희미하게 팔락이고, 여자는 두려웠다. 한 노인이 여자 쪽으로 걸어오고 있었다. 그 모습이 여자의 눈에 띄었다. 여자는 무심코 노인의 옷차림이 제법 점잖다고, 마치 옛날 프랑스 영화에서 본 차림새 같다고 생각했다. (그런데 어떤 영화였지?) 트렌치코트에 중산모를 쓰고 지팡이를 짚은 노인은 거리에서 흔히 볼 수 있는 알록달록한 등산복이나 혹은 그 반대로 색이 빠져나간 듯한 무채색 평상복 차림의 노인들과는 다른 시공간에서 불쑥 튀어나온 것처럼 보였다. 여자가 잠시 손안의 훔친 물건을 잊고 저도 모르게 노인의 얼굴을 살피는 동안, 그들은 빠르게 가까워졌고, 비좁은 인도에서 비킬 생각이 없는 듯한 낯선 보행자와 마주치는 바람에 순간 잔뜩 성이 난 노인은 여자를 향해 지팡이를 휘두르며 삿대질했다. 지팡이가 여자의 옆구리를 아슬아슬하게 스쳤다. 순간 바람이 불어와 노인의 중산모가 왼쪽으로 손톱만큼 기울어졌고 노인의 왼쪽 이마도 꼭 그만큼 드러났다. 여자는 울컥하면서 움찔했고, 저도 모르게 노인의 분노를 자신에 대한 합당한 처벌로 받아들였다. 여자는 고개를 숙이고 모퉁이를 돌았다. 그곳에 심연이 있었다. 노인은 지팡이를 내리고 무어라 중얼거렸다. 노인이 가는 방향으로 열다섯 발짝쯤 떨어진 곳에도 심연이 있었다. 그러나 아직 그들이 사라져서는 안 되었다. 그들은 저마다 금속의 온기와 처벌에 대한 수긍, 순간적인 역정과 튼튼한 지팡이에 의지해 심연을 통과했다. 어느 겨울, 오후 세 시가 조금 넘은 시각. 오후부터 눈이 내릴 예정이라고 했다. 그날 아침 라디오에서 기상예보를 들은 사람들은 누구나 대설주의보에 대비하고 있었다. 그날 다들 일찍 일어났기를, 그래서 예보를 들을 수 있었기를. 잘 미끄러지지 않는 신발을 신었기를. 모자를 쓰고 장갑을 꼈기를. 아니, 모자와 장갑을 갖고 있었기를.

여자가 부끄러움과 어지러움을 동시에 느끼며 아파트 공용 출입구로 들어설 때, 경비원은 휴대폰 화면으로 시베리아 벌판을 들여다보고 있었다. 여자도 경비원도 노인도 베트남 음식점에서 구글 번역기를 동원했음에도 고수를 많이 달라는 말을 베트남어로 전하는 데 실패해 만족스럽지 못한 식사를 마친 손님도 뒤로 걸어가는 중인 행인도 간밤 영동고속도로 인천 방면 어느 지점에서 발생한 자동차 추돌 사고를 모르고 있었다. 경비원의 휴대폰 화면 속에서 연해주 일대의 호랑이들이 사슴 분포도를 따라 활동 반경을 넓히는 동안, 경비원은 4.4제곱미터 경비실 안에서 원적외선 히터를 등진 어깨를 옹송그렸다. 봄일까, 연해주 해변의 모래사장에 호랑이 발자국이 선명하게 찍혀 있었다. 카메라맨이 숲속을 걷고 있었다. 호랑이가 지나다니는 길목에서 카메라맨과 동행한 연구자가 나무둥치에서 털실처럼 보일 정도로 두꺼운 호랑이 털 한 가닥을 찾아냈다. 여기서 영역 표시를 했다. 경비원은 자막을 읽었다. 아직 호랑이는 등장하지 않았다. 호랑이가 먹다

남긴 사슴의 두상과 피가 팽개쳐져 있는 장면. 경비원은 조그만 휴대폰 화면을 열심히 들여다보며 잠복 28일째를 맞이한 카메라맨의 마음을 공유했다. 화면 속 풍경은 여름과 겨울을 번갈아 지나고 있었다. 푸르거나 희거나. 무성한 녹색 이파리들 사이로 해가 비쳤다. 경비원은 맑고 청명한 시베리아의 여름에 몸을 숨긴 카메라맨과 그의 긴팔 셔츠를 보았다. 온통 눈이 내린 흰 풍경 속에서는 무엇도 그림자 지지 않았다. 사방이 더 흴 수 없을 정도로 흴 때, 카메라맨은 어디에 자신의 속된 신체를 숨기는가? 카메라맨이 화면에 등장할 때, 그를 찍고 있는 사람은 누구인가? 야간에 적외선카메라에 잡힌 호랑이의 두 눈이 정체불명의 화학물질로 가득한 호수처럼 수상하게 빛났다. 다음 장면은 없었다. 호랑이가 초소형 적외선카메라를 단숨에 부수었다는 자막. 암전. 갑작스럽게 요의를 느낀 경비원은 어림잡아 잠복 400일쯤 되었을 경비실에서 나와 화장실로 향했다. 오후 세 시를 조금 넘긴 시각, 아니, 시간을 조금 특정해도 좋을 것이다. 세 시 12분. 아직 눈이 내리지 않고 있었다. 경비원은 찌뿌둥한 허리를 펴고 하늘을 올려다보았다. 순간 두꺼운 눈구름 사이가 조금 벌어지며 해가 비쳤고, 경비원은 그 허약한 햇빛에 눈이 부셔 순간 맹목의 상태가 되었다. 그때 경비실 옆 공용 공간에 마련된 아담한 꽃밭에서, 겨울이기에 꽃 없는 꽃밭에서, 노란색과 검정색 고양이 두 마리가 결코 만날 수 없을 어느 고양이에 대한 그리움에 낮고 짧고 단조로운 울음소리를 냈다. 인간이 섣불리 흉내 낼 수 없는 소리였다. 하지만 경비원은 조금 전까지 보고 있던 영상 속 호랑이들을 생각하며 고양이 울음소리에 고양이 울음소리를 흉내 낸 소리로 대답했다. 위협적이지 않은 바람이 불어왔고, 그 바람에 노란 고양이의 턱수염 몇 올이 흔들렸다. 그런 모양을 파르르, 라고 표현하던가? 바람이 멎었고, 고양이들은 눈을 끔벅이는 경비원의 얼굴을 빤히 올려다보다 오로지 흙과 뿌리와 쓰레기뿐인 꽃밭을 훌쩍 뛰어넘어 어디론가 사라졌다.

경비원이 사라진 초소 앞을 누군가가 뒷걸음질로 지나가고 있었다. 같은 도시의 구성원들을 신뢰하고 싶다면, 사회에 대한 믿음을 여전히 유지하고 싶다면 때로 골목길을 뒤로 걸어가 보는 건 좋은 선택이다. 전봇대에 부딪히거나, 도로경계선에서 발을 헛딛거나, 휴대폰을 들여다보며 바삐 걷는 다른 보행자와 우스운 모양새로 아프게 부딪히거나, 교통법규 따위는 아랑곳없이 골목을 급하게 빠져나오는 자동차와 충돌하거나 하는 일들이 일어나지 않는다면 그 믿음은 지켜질 것이다. 어쩌면 영원히. 하지만 지금 경비 초소 앞을 뒷걸음질로 지나는 사람이 이러한 행위를 하고 있는 이유는 밝혀지지 않아도 좋을 것이다. 그는 한겨울에 해당하는 12월의 어느 날을 반팔 셔츠와 반바지 차림으로 뒤로 걷고 있었다. 그는 간밤의 꿈을 생각하고 있었다. (그는 얼마 전 바닷가 마을로 이사 왔다. 침실의 조그만 창으로 파란 바다가 조그맣게 내다보이는 집이었다. 그는 이사를 앞두고 주방과 집의 외벽을 온통 하얗게 칠했는데, 정작 이삿짐을 내릴 때 보니 전부 회색이었다. 이사 후로 맑고 화창한 날이 계속되었다. 청명한 밤이면 멀리서 파도 소리가 먹먹하게 들려왔다. 가끔 고양이들이 지붕 위에서 뛰거나 벌레가 우는 소리가 들려왔고 배가 지나가는 기척이 느껴질 때가 있었다.

살림살이가 얼추 정리되고 나서, 그는 지도 앱으로 가까운 도서관을 검색했다. 2.3킬로미터 떨어진 곳에 동사무소에 딸린 작은 도서관이 있었다. 전입신고도 해야 했으므로 그는 30분을 걸어 그곳으로 갔다. [그런데 꿈의 시간은 어떻게 흐르지?] 소박한 단층 건물 앞마당에 회색이 섞인 붉은색 보도블록이 깔려 있었고, 자전거 보관소 뒤쪽에 코스모스가 가득 피어 있었다. 그는 그것으로 가을이라는 것을 깨달았다. 바람이 불었고, 흰색과 분홍색과 자주색이 흔들렸다. 그런데 동사무소도 작은 도서관도 닫혀 있었다. 일요일이었다. 꿈의 일요일. 그는 낡고 녹슨 자전거들을 바라보며 그중 한 대를 빌려 탈 수 있기를 바랐지만 아무도 없었다. 다시 집으로 돌아가려고 지도 앱을 켰다가 근처에 규모 있는 리조트와 해변이 있다는 것을 알게 되었다.

바다를 등진 리조트 정문을 들어서자마자 거대한 체스판이 있었다. 어떤 이들이 놀이를 하다 말았는지 세워진 말들이 많지 않았다. 쓰러진 말들을 찾아보았지만 하나도 보이지 않았다. 멀리서 갈색 유니폼 차림의 직원이 바쁘게 걸어갔다. 그는 그를 불렀고, 바로 다음 순간 그가 그 앞에 있었다. "검은 말이 어디로 달려갔죠?" 그가 물었고, 그는 물속으로 뛰어들었다고 대답했다. 그 후 그는 안내를 받아 야외 수영장으로 갔다. 바다가 내려다보이는 수영장에는 아무도 없었고, 수영장을 따라 길고 하얀 선베드들이 놓여 있었는데, 그중 하나에 누군가 읽다 만 책이 펼쳐져 책장이 펄럭이고 있었다. 그는 멀리서도 글자들을 읽을 수 있었다. "위스콘신 딸기 밭은 지금까지 국내에 잘못 소개되어 왔다." 풀 중앙에는 분수대가 있었다. 검은 말이 여기로 뛰어들었냐고 물어보려는데 직원이 어느새 사라지고 없었다. 그는 마을에서 그를 목격한 유일한 사람이었다.

그는 선베드 하나를 차지하고 길게 누웠다. 해가 없는 날이었는데, 그래서인지 그림자 한 점 없었다. 수영장도 바다도 미동하지 않았다. 다른 사람들도 보이지 않았다. 그는 집으로 어떻게 돌아가지, 생각하다가 갑자기 코스모스를 떠올렸다. 코스모스는 어째서 늘 흰색이거나 분홍색이거나 자주색일까? 그것은 우주의 색일까? 어째서 집은 온통 회색이 되었을까? 그는 다시 지도 앱을 켜서 돌아가는 경로를 검색하려고 했지만 주소가 기억나지 않았다. 이사 오고 며칠 지나지 않았으므로 그럴 만도 했다. 집으로 어떻게 돌아가지, 그는 생각했지만 뾰족한 수가 없었다. 돌아온 길을 되짚어 갈 수가 없었다. 방향이 없었다. 뒤를 돌아보면 앞이었다. 왼쪽을 보면 오른쪽이었다. 그는 이미 죽은 말이었고, 죽은 자는 아무 말도 할 수 없었다.

그러다 아까의 직원이 나타나 그를 빈 객실로 인도했다. 꿈에서도 시간이 흐르고 있다니, 놀라운 일이다. 한때 호사스러웠을 방은 이제 낡고 비좁은 공간이었다. 들어서자마자 화장실과 빈 옷장이 있었다. 옷장 옆에는 간이 세면대가 있었다. 그 뒤로 방이 이어지고, 하얀 시트가 깔린 깨끗한 흰 침대가 보였다. 입안을 헹궈야 해, 어째서인지 그는 생각했다. 그는 수돗물을 틀고 손바닥으로 물을 받았다. 세면대에 더러운 얼룩이 있었다. 손바닥에 고인 물을 입안에 털어 넣는 순간, 정박해 있던 창밖 풍경이 움직였다. 바다가 움직이고 있었다. 그제야 그는 자신이 배 안에 있다는 것을 깨달았다. 기름 냄새가 났다. 모터 소리가 들렸다. 꿈에서도 모든 감각이 활동하고 있다는 건 근사하고 불안한 일이다. 바다는 파랗고, 하늘은 희었다. 배가 출항하고 있었다. 어떻게 돌아가지, 그는 생각했다. 이제는 늦었다. 그가 죽었기 때문이었다. 꿈속에서 모두가 그것을 알았다. 아무도 그것을 알았다.)

4층 자신의 집으로 돌아온 여자는 거실 창문을 열고 차가운 공기를 들이마셨다. 열이 오른 얼굴이 뜨거웠다. 손을 대지 않아도 알 수 있었다. 세 시 13분. 여자는 코트를 벗지 않은 채로 주머니에서 귀걸이를 꺼냈다. 값싼 물건이었다. 그걸 구태여 훔친 이유를 스스로도 알지 못했다. 겨울바람이 온갖 잡동사니들로 어지러운 거실을 건조하게 훑었다. 극장에 갈 때마다 한두 장씩 집어 왔던 영화 전단들. 배우들, 얼굴들, 픽셀들. 익사 직전의 다육식물들. 여자는 식물에 너무 많이 물을 주는 습관이 있었다. 식물의 이름들. 에케베리아, 데코라, 바빌리온, 크리놀린, 밤비노, 신데렐라, 십자성, 온둘라타. 이런 이름들을 적어 두었던 조그만 표지판은 이제 제 기능을 하지 못했다. 그리고 건전지들. 여자는 건전지를 1인 가정 평균보다 많이 소비했다. 그러나 어디에? 무슨 용도로? 여자는 반쯤 열린 유리창에 뺨을 가져다 대고 아래를 내려다보았다. 붉은색 지붕과 담장, 재활용 쓰레기장으로 사용되는 천막이 내려다보였다. 아무렇게나 쌓인 다양한 크기의 골판지 상자들 옆으로 얼룩 고양이 한 마리가 나른한 걸음걸이로 지나가고 있었다. 아직 눈이 내리지 않았다. 여자의 시선이 고양이의 움직임을 따라갔다. 쓰레기가 용량을 초과해 꾹꾹 담긴 쓰레기봉투들이 콘크리트 벽에 불량한 자세로 기대어 있었다.

여자가 쓰레기봉투들의 태도에 무심코 주목하는 사이 얼룩 고양이가 조그맣게 울음소리를 냈다. 며칠 전부터 밤마다 어떤 울음이, 혹은 비명이, 혹은 신음이 들려오고 있었다. 처음에는 어느 집 아기가 우는 소리로 들렸지만, 어떤 아기라도 그토록 간절하게, 오랫동안, 무언가를 갈구하듯 울 수는 없을 거라고 여자는 생각했다. 여자는 큐빅이 하나씩 달린 은제 귀걸이 한 쌍을 만지작거리며 얼룩 고양이를 의심했다. 그때 고양이가 여자를 올려다보았다. 여자는 고양이가 자신을 바라보고 있다고 생각했다. 고양이는 입맛을 다시는 듯 입을 살짝 벌렸다가 다시 천천히 걸음을 옮겼다. 저 고양이는 아닐 거야, 여자는 생각했다. 그렇다면 유독 고집스럽거나 적절한 보살핌을 받지 못한 아기가 밤마다 우는 것이거나, 어느 커플이 방음에 부주의한 것일지도 몰랐다. 여자는 창문을 닫고 코트를 벗고 1인용 소파에 앉아 귀걸이들을 두툼한 팔걸이에 올려놓았다. 얼었던 발이 녹기 시작했다. 자보금, 크리스마스, 백모단, 수아베오렌스. 여자에게는 과습으로 죽어 가는 식물들의 소리가 들리지 않았다. 여자가 두 발을 포개고 추위를 물리는 동안, 1인용 소파 밑, 여간해서는 시선이 닿지 않을 먼지와 어둠의 장소에 소박한 반지 하나가 있었다. 그것은 몇 년 전부터 그 자리에서 사소하고 하찮은 물건들이 쌓이는 광경을 지켜보아 왔다. 여자가 어느 액세서리 가게에서 훔쳤던 반지일 수도 있었다. 여자의 집에 다른 사람들이 제법 드나들던 때 누군가 흘리고 간 반지일 수도 있었다. 여자가 조금 전 훔친 귀걸이와 그런대로 어울릴 반지일 수도 있었다. 반지는 초조하게 잃어버린 장신구들의 세계로 갈 순간을 기다리고 있었다. 그건 어느 정도 실현 가능한 소망으로 보였다. 반지의 강렬한 바람을 모르는 채로, 여자는 온기를 되찾은 발로 몸을 일으켰다. 대략 세 시 14분. 정확한 시각은 불명.

아파트에서 200미터가량 떨어진 상가 주택 앞, 한 여자가 건물 안쪽을 향해 말했다. “어서 나와.” 색이 짙은 유리문 안쪽으로 한 남자가 벽에 비스듬히 기대어 서 있었다. 남자는 아무 말도 하지 않았다. 여자는 부한 점퍼 주머니에 양손을 찌른 채 초조하게 다시 한번 반복했다. “어서 나와.” 반복. “너 아직 나한테 사과 제대로 안 했어.” 남자는 짙은 색 유리문 안쪽에 숨어 고개를 숙이고만 있었다. 여자가 노여움을 숨기지 않고 대답을 요구하는 동안, 남자는 문득 언젠가 홍콩에 갔던 일을 떠올렸다. 급히 런던에 가야 했는데 직항 티켓을 구하지 못해 홍콩을 경유하게 된 일정이었다. 홍콩에 도착한 남자는 시내로 들어가는 고속철에서 사람들이 같은 단어를 반복하며 대화하고 있다는 것을 알아차렸다. 앙리, 아스날. 앙리, 아스날. 숙소가 있는 침사추이 전철역에 도착해서도, 거리에서도, 심지어는 숙소 로비에 들어섰을 때도 사람들의 말에서는 두 단어가 반복되고 있었다. 체크인 순서를 기다리고 있던 남자의 눈에 누군가 라운지 테이블에 놓아두고 간 신문 1면 사진이 들어왔다. 그것으로 남자는 자신이 인천발 홍콩행 비행기에 탑승한 대여섯 시간 동안 티에리 앙리가 아스날을 떠났다는 걸 알았다. “어서 나와.” 여자가 다시 채근했다. 마침내 남자가 여자를 향해 고개를 들려고 마음을 굳힌 순간, 여자는 환기를 시키려고 현관문을 잠깐 열어 두었을 때 잽싸게 탈출했던 개를 잡으러 뛰어다녔던 날을 떠올렸다. 개는 잔뜩 신이 나서 온 동네를 뛰어다녔다. 개가 어느 부동산 앞을 지나갈 때, 마침

담배를 피우러 나왔던 중개인이 달려가는 개를 보고 말했다. "고놈 참." 마침내 여자는 어느 다세대주택 현관 앞에서 개를 잡았다. 개는 눈앞의 인간이 그토록 숨을 몰아쉬고 있는 이유를 도무지 모르겠다는 표정으로 태연하게 앞다리를 펴고 앉아 여자를 올려다보았다. 미처 목줄을 챙기지 못했던 여자는 개를 안고 편의점과 경찰서, 주택들, 부동산과 요가원, 카페들을 지나 집으로 돌아갔다. 바침내 집 안에 개를 내려놓았을 때, 개는 자신이 건너뛰었던 크고 작은 심연들을 추억하며 가장 좋아하는 깔개에서 잠을 청했다.

베트남 식당의 요리사와 서버는 두 사람 다 한국어 화자가 아니었다. 해서 손님은 다소 수줍은 성격에도 불구하고 번역 앱을 동원해 베트남어로 쌀국수에 고수를 많이 넣어 달라고 요청했다. 하지만 그는 오히려 고수가 전혀 들어 있지 않은 국수를 받았다. 이미 상당한 용기를 소모한 뒤였던 그는 말없이 음식을 먹었다. 국물이 튀어 종이 매트에 인쇄된 글자가 번졌다. 사이고. 흐려진 원. 노란색으로 칠해진 벽에 장식 접시들이 걸려 있었다. 농부들과 소들. 그는 파란색 하나로 그려진 접시 그림들을 바라보며 면을 끊고 고기를 씹고 국물을 마셨다. 그러고는 애매한 얼굴로 미소 짓는 서버에게 값을 치르고 밖으로 나오며 한 여자를 스친 뒤 휴대폰으로 다시 한번 고수에 해당하는 베트남어를 검색했고, 다시 한번 rau mùi라는 단어들을 발견했으며, 자신이 통사를 미처 고려하지 않았다는 것을 깨달았다. 이제 그가 식당 맞은편 골목으로 통사 없이 사라지면, 우리는 그와 영영 만나지 못하게 된다. 이것은 우리와 대부분의 행인들 사이에서 날마다 일어나는 일이지만,

우리는 아마도 슬픔을 느끼지 않을 것이다. 그는 라우 므이, 라우 므이…라고 중얼거리며 골목 안쪽으로 들어갔고, 그의 존재는 잃어버린 장갑 한 짝들의 세계와 이웃한 심연 속으로 영원히 사라졌다.

그리고 세 시 14분. 겨울에는 많은 사람들이 땀을 흘리지 않는다. 마치 꿈속에서 땀을 흘리지 않는 것처럼. 기온이 지나치게 낮을 때, 그러니까 영하 15도쯤, 행인들의 입김이 말풍선처럼 부풀어 얼어붙는 날, 칼 같은 바람이라도 불어오면 잠시 시간이 정지한 것처럼 느껴지기도 한다. 그러나 눈이 내리기로 예정된 오후의 이 시각에는 시간이 느릿느릿 흐르고 있었다. 때로는 정박으로, 때로는 엇박으로. 과거가 소환되고 미래를 예상하면서. 잠시 후, 아직 신체를 되찾지 못한 누군가가 어리둥절한 모습으로, 그 모습이 눈에 띄려면 그로부터 한참 더 시간이 지나야 하겠지만, 보이지 않는 것을 보고, 닿지 않는 것에 닿으며 우리의 아파트 3층 복도 엘리베이터 옆에 서 있게 된다. 하지만 아직은 아니다. 아직은 아니었다.

가스 점검원이 6층에서 5층으로 내려갈 때, 택배 기사는 4층에서 3층으로 내려가고 있었다. 두 사람은 대개 꼭대기 층부터 차례대로 각각의 집들을 방문하면서 1층으로 내려오는 방식을 선호했다. 가스 점검원이 501호의 초인종을 눌렀고, 나지막한 벨 소리가 문틈으로 새어 나왔다. 솔, 미, 솔, 미. 가스 점검원이 입을 벌리지 않은 채로 벨 소리를 따라 노래했다. 안에서는 아무도 대답하지 않았다. 가스 점검원은 한 번 더 초인종을 누르고, 안내장을 현관문에 붙이고, 옆집으로 이동해 502호의 초인종을 눌렀다. 솔, 미, 솔, 미. 다시 한번, 솔, 미, 솔, 미. 가스 점검원은 두 음을 흥얼거리며 503호로 이동했다.

2층 다섯 번째 집. 205호. 음악이 현관문 밖으로 새어 나오고 있었다. 심장박동이 빨라지는 종류의 음악. 누군가는 기민한 발놀림으로 음악에 맞추어 춤을 출 수도 있을 것 같았다. 하지만 현관문 틈으로 흘러나오는 음악을 듣는 사람은 아무도 없었다. 집 안에서 누군가가 음악에 맞추어 운동 중이었다. 예컨대 팔굽혀펴기를. 또 스쿼트를. 그리고 맨손체조를. 팔굽혀펴기를 서른 번 했을 때, 그의 턱 끝에서 땀방울 하나가 맺혀 장판 위로 떨어졌다. 그는 집에서 혼자 운동할 때마다 사분의사박자 댄스음악을 틀어 두었다. 하나, 둘, 하나, 둘. 그의 팔굽혀펴기가 50번에 도달하고 있었다. 위에서 내려다보면 납작 엎드린 형상인 그의 시선에서 일곱 시 방향으로 올려다보면 창문이 있었다. 그가 바라보지 않는 창밖에서 눈구름이 두꺼워지고 있었다. 점점 더, 점점 더. 그는 오로지 박자와 자세와 동작에만 집중하고 있었다. 그의 장요근이 자기 순서를 기다리며 잔뜩 긴장했다. 땀방울 하나, 땀방울 둘. 마침내 팔굽혀펴기 60번을 마친 그가 잠시 바닥에 엎드려 숨을 몰아쉬었다. 그의 입안에서 혓바늘 하나가 돋아날 참이었다.

과거 시제들 사이에서도 여전히 시간이 흐른다. 새삼 놀라운 일이다. 요의를 해결한 경비원이 돌아왔을 때, 택배 트럭이 경비실 앞을 막고 있었다. 택배 트럭이 정차한 위치는 소방차 전용으로 구획된 곳이었으나 그 용도로 사용된 적은 아직 없었다. 앞으로도 그러하기를. 스냅백을 뒤로 돌려 쓴 택배 기사가 짐칸을 열고 상자들을 하역하고 있었다. 택배 기사도 오후에 눈이 올 예정이라는 보도를 아침 라디오에서 들었다. 서울에 대설주의보가 발령되는 일은 그가 좀 더 어렸을 때…, 그러니까 약 20여 년 전 이후로, 1990년이거나 2003년, 혹은 2029년 이후로 없었던 것 같다고, 그는 생각했다. (그러나 정말로 그가 이렇게 생각했을까?) 특히 크고 무거운 상자가 하나 있어 그는 팔레트도 내렸다. 그는 눈이 오지 않기를 바랐다. 눈이 내리면 도로가 정체되고, 도로가 정체되면 제아무리 유순한 사람이더라도 방향 지시등을 켜지도 않고 막무가내로 끼어드는 차량 운전자를 향해 나지막이 욕설을 내뱉고는 하는 것이다. 혹은 방향 지시등을 켠 운전자에게조차. 한데 그가 그런 사람인가? 그는 유순한 사람인가? 그는 난폭한가? 그의 성격은 유순함과 난폭함 사이 어느 역점에 해당되는가? 하지만 그의 전반적인 성격은 우리의 관심 밖이다. 그의 성격보다는 그의 직업이 보다 중요할 것이다. 그가 오늘 이 아파트 주민들에게 배달해야 할 화물은 총 일곱 개다. 102호, 302호, 303호, 402호, 505호, 606호. 그는 화물을 올린 팔레트를 끌고 출입문을 향해 돌아서면서 짜증을 노골적으로 드러낸 경비원과 마주쳤다. "여기에 주차하면 안 된다니까." 택배 기사는 반사적으로 묵례만 할 뿐 그대로 건물로 들어갔다. 그는 이 건물의 모든 세대를 방문해 왔다. 그는 초인종을 누르지 않고도, 자신이 왔다는 것을 알리지 않고도 그렇게 할 수 있었다. 유리문 뒤로 사라지는 택배 기사의 뒷모습을 노려보던 경비원이 혀를 찼다. 너무 아름다운

다운 다운 다운 뷰. 경비 초소와 가장 가까운 101호에서 노랫소리가 새어 나왔다. 경비원은 그쪽을 한 번 돌아보고 화단에 침을 한 번 뱉은 뒤 픽셀들로 정지한 호랑이가 있는 경비 초소로 돌아갔다. 택배 기사는 엘리베이터를 기다리고 있었다. 5, 4, 3, 2, 1. 1층입니다. 그는 팔레트를 끌고 엘리베이터에 탔다. 6층. 승강기 버튼 위 조그만 거울에 그의 얼굴이 비쳤다. 그날 그가 세 번째로 보는 엘리베이터 표정이었다.

택배 기사가 엘리베이터를 타고 6층에 내렸을 때, 4층의 아이는 바닥에서 수영을 연습하고 있었다. 아이가 언제부터 아기가 아닌 아이가 되었는지는 그의 양육자들도 특정할 수 없을 것이다. (어쩌면 부모는 다음과 같은 의견을 제출할 수도 있다: 아이가 걸음마를 뗐을 때, 말대꾸를 했을 때, 테이블에 펼쳐진 주간지에서 에콰도르, 니카라과 같은 단어들을 중얼거리며 읽었을 때, 혹은 양육자 중 한 사람이 아껴 둔 싱글몰트 위스키에서 어느 날 물맛이 느껴졌을 때 아기는 아이가 된 것이라고.) 언젠가부터 아이는 울지 않았다. 소리 없이 눈물만 흘리는 일도 없었다. 아이는 텔레비전에서 연합뉴스를 틀어 두고 거실에서 수영을 연습했다. 아이는 인터넷을 통해 자유형과 평영에 통달할 수 있었다. 혹은 그렇다고 생각했다. 하지만 쉬울 거라고 생각했던 배영이 어찌 된 일인지 어려웠다. 아이는 차가운 바닥에 누워 텔레비전에 시선을 고정한 채로 양팔을 뒤로 번갈아 보냈다. 아무도 그의 무용하고 허술한 동작을 지켜보고 있지 않았다. (그러나 이는 사실일까?) 아이의 왼쪽과 오른쪽 손이 차례차례 바닥을 치고 제자리로 돌아갈 때마다 텔레비전 속 화면이 바뀌었다. 어젯밤 영동고속도로 인천 방면에서… 오후에 눈 예보가 있습니다… 해가 바뀌면 아이는 열네 살이 될 예정이었다. 아이는 중학생을 위한 생존 수영 강습을 의무적으로 듣게 될 예정이었다. 예정대로 이루어지기를. 아이의 왼쪽 손날이 바닥을 치고, 오른쪽 손날이 바닥을 쳤다. 바닥은 차가웠다. 아이는 두 다리를 곧게 펴고 조금 벌린 채 양 엄지발가락을 안쪽으로 기울인 자세를 유지했다. "물을 퍼 올리는 느낌으로, 무릎을 구부리지 말고, 다리가 엉덩이 밑이 아닌 허리부터 시작된다는 느낌을 유지하세요." 아이는 동영상 속 전직 수영 선수의 말을 기억하고 있었다. "팔도 어깨가 아니라 등에서부터 시작한다는 느낌을." 아이는 물이 두려웠다. 깊은 물에 들어간 적이 없었다. 경험하지 않은 것을 두려워할 수 있을까? 가능할 것이다. 아이는 양팔이 등 한가운데서 돋아난 느낌을 상상하며 팔을 저었다. 초인종이 울렸다. 아이는 저도 모르게 몸서리를 치고 재빨리 리모컨부터 찾았지만, 자신의 어머니나 아버지가 집에 돌아오려면 몇 시간이 남았으며, 더욱이 둘 다 초인종을 누르지는 않으리라는 데 생각이 미쳐 안심했다. 아이는 텔레비전을 켜 둔 채 현관으로 다가가 상대방의 신원을 물었고, 현관문 건너편 복도에 서 있던 가스 점검원이 가스를 점검하러 왔다고 대답했다. 아이는 잠시 망설이다 문을 열었다. 가스 점검원은 가스 점검원이었고, 아이는 아이였으므로 두 사람은 모두 저마다의 이유로 안심할 수 있었다. 보일러와 가스 밸브를 확인한 점검원이 아이에게 이런저런 주의 사항을 건성으로 알려 주었고, 아이는 이해하지 못하는 채로 들었다. 점검원이 아이에게 전달한 내용을 우리는 알 수 없지만, 모르는 채로 있어도 좋다. 우리의 가정에도 여섯 달에 한 번씩 가스 점검원이 방문할 예정이기 때문이다. 아마도 다른 사람이, 여전히 가스 점검원인 채로. 여섯 달 뒤 아이는 그럴듯한 수영장에서 잠영을 연습하게 될 것이다. 고개를 한 번도 수면 위로 내밀지 않고도 25미터쯤 가뿐하게, 조용히 헤엄칠 수 있을 것이다. 그러하기를.

이 건물에는 아직까지 도둑이 들지 않았다. 경비 초소가 공용 출입문 바로 옆에 떡하니 버티고 있어서였기도 하고, 거주자 중 두어 명이 이미 전에 살던 집에 도둑이 들었던 경험이 있어서이기도 했다. 한 사람이 살면서 도둑을 두 번 이상 경험할 확률은 얼마나 될까? 한 번도 없거나, 한두 번이 대부분일 것이다. 102호에 거주하는 노인은 이제껏 세 번 도둑을 겪었다. 30대에 살았던 세검정 판잣집에서 한 번, 60대에 살았던 성북역 인근의 오래된 아파트에서 한 번, 70대에 살았던 합정동 빌라에서. 노인은 다시는 도둑이 온 집 안의 모든 물건들을 꺼내 난장판으로 만들어 놓고 냉동실의 얼린 굴비 더미 밑에 숨겨 둔 한 줌에 불과한 지폐 다발을 귀신같이, 그래, 귀신같이 가져가는 일이 일어나지 않기를 바랐다. 그래서 노인은 경비원이 자리를 비울 때마다 초조하고 불안했다. 큰딸과 작은딸이 번갈아 이틀에 한 번꼴로 전화를 걸어 왔고, 그러면 노인은 자신의 초조함과 불안을 숨기지 않고 표현했다. 딸들은 저마다 들리지 않게 한숨을 쉬었고, 초조해하고 불안해했다. 그러니 노인과 두 딸들을 조금이라도 안심하게 해 주자. 이 건물에는 아직까지 도둑이 들었던 적이 없고, 앞으로도 그럴 것이다. 얼마 지나지 않아 우리는 현재

시제의 세계로 넘어가겠지만, 여기서 미리 노인과 두 딸들이 현재를 살게 해 주자. 노인은 수화기를 든 채 하늘을 바라보다 문득 차분해지고, 딸들은 안도한다. 경비원이 초소로 돌아왔고, 화단 옆에 쌓인 벽돌들 언저리를 맴돌던 고양이가 초소 창틀로 뛰어올라 경비원의 뒤통수와 처진 어깨, 그리고 그가 다시 보기 시작한 연해주의 호랑이 영상을 보았다. 화면 속은 눈이 내린 뒤였다. 개들이 호랑이의 발자국을 킁킁거리고 있었다. 여기는 눈이 내리기로 예정된 오후였다. 고양이는 창문에서 고개를 돌려 잠시 아래를 내려다보았고, 날렵한 동작으로 내려가 다른 도로명주소가 배정된 구역으로 사라졌다. 그걸 지켜보고 있던 사람은 아무도 없었다. 노인은 안심하며 수화기를 내려놓았고, 멀리 사는 딸들은 각자의 일상으로 돌아갔다. 고양이가 건너뛴 공간에 잠시 심연이 생겨났다가 곧바로 사라졌다.

다른 주소로 건너간 고양이가 자동차공업사 앞을 지나갔다. 공업사 유리창에는 다음과 같은 문구가 적혀 있었다. 경이로운 광택. 경이로운….

그리고 그는 어둠 속에서 천천히 눈을 뜬다. 지금 그는 택배 기사도, 경비원도, 노인들도, 여자들도, 남자도, 아이도 아니다. 그에게도 곧 특성이 생겨나겠지만, 그리운… 지금은 그를 그라고 부르자. 그는 과거에 속박되어 있다. 그러므로 당분간 과거 시제를 유지해야 한다. 그가 마침내 현재를 얻게 될 때, 그에게도 이름이 생길 것이다. 그가 눈을 뜨자 어둠이 물러났다. (그런데 어떻게?) 그는 사실 간신히 눈을 떴다. (그에게 아직 눈이 있었던 것이다. 혹은, 그는 눈을 되찾았다.

여전히 어떻게? 혹은, 어째서?) 여전히 시야가 흐렸지만 그는 자신이 빛 속에 있음을, 따라서 밤이 지나갔다는 것을 알았다. 추위. 그는 추위라고 말했다. 그는 자신이 눈을 떴고, 추위, 라고 말했다는 것을 알았다. 어째서 추워, 라고 하지 않았을까? (그는 나중에야 이 질문을 하게 된다.) 추위는 그가 눈을 뜨고 처음으로 떠올린 단어, 처음으로 느낀 감각이었다. 그러나 낯선 추위였다. 한 번도 경험해 본 적이 없는 추위. 우리 역시 그의 추위를 짐작하지 못한다. 그의 추위는 우리가 이제껏 경험해 온 것과는 다르다. 겨울의 당위적인 추위가 아닌 것이다. 계절이 겨울이기는 했으나… 하지만 그가 추위를 느꼈던 까닭은 단순할 수도 있다. 예컨대, 그는 신체를 되찾아야 했으므로 추위를 느낄 수밖에 없었다. 문이 열립니다. 그는 목소리가 들리는 쪽을 돌아보았다. 혹은, 돌아보려고 했다. 그가 돌아보는 일에 성공했는가? 그렇다. 그에게는 신체가 있었으므로 문이 열린다고 선언하는 가냘픈 목소리가 발생한 지점을 돌아볼 수 있었다. 하지만 선언과는 달리 문이 열리지 않았다. 그제야 그는 목소리가 위쪽에서 들려온 것 같다고 생각했다. 그는 감각하고, 알고, 생각할 수 있었다. 그가 신체를 되찾았거나, 되찾는 중이었으므로. 그는 열리지 않는 엘리베이터 문을 바라보았다. 매끈한 은색 필름이 부착된 문에는 아직 아무것도 비치지 않았다. 하지만 괜찮다. 은색 필름이 곧 거울은 아니니까. 설령 거울이 부착되어 있었더라도 괜찮다. 곧 비치게 될 테니까. 그는 추위라는 단어에 완벽하게 부합하는 감각을 느끼며 가만히 있었다. 문이 닫힙니다. 역시 위쪽에서 들려오는 소리였다.

그들의 한 동짜리 아파트와 2차선 도로를 사이에 두고 마주한 3층 건물의 1층에는 자전거포가 있었다. 아직 오지 않은 인생을 뒤바꿀 만한 사건이나 일상의 자질구레한 일들(예컨대 은행 영업시간이 끝나기 전 동전을 지폐로 바꾼다거나, 환불 기한이 밭게 남은 옷을 지폐로 바꾼다거나, 지폐를 양배추와 간 소고기, 달걀과 대파 따위로 바꾼다거나, 그런데 누가 요새 지폐를 쓰지?)로 인해 좁은 인도를 많은 사람들이 걷고 있었다. 40대의 자전거포 주인은 커피를 사러 옆 가게로 향하다 자전거를 타고 자신을 향해 다가오는, 혹은 그런 것처럼 보이는 한 소년을 보았다. 주인은 먼저 자전거에, 그리고 소년에, 그리고 자전거에 탄 사람이 실제로는 소년이라고 불릴 만한 나이가 아닐지도 모른다는 것, 그리고 소년이 탄 자전거가 어딘지 모르게 낯익다는 것에 주목했다. 소년은 빠르게 다가와 주인을 3미터가량 지나쳤고, 주인은 저도 모르게 돌아보았고, 소년은 전봇대 옆에 놓인 종량제 쓰레기봉투를 뒤지기 시작했다. 주인은 어쩔 수 없이 소년의 동작을 계속해서 지켜보았다. 소년이 마침내 봉투 안에서 팔리아멘트 라이트 담뱃갑을 꺼냈고, 의기양양하게 자전거를 돌려 다시 주인 쪽으로 다가왔다. 주인은 방금 일어난 일련의 장면들을 조금도 이해하지 못하는 채 다만 소년의 얼굴을 바라보았다. 그러나 소년은 빠르게 사라졌고, 주인은 커피를 사러 나왔음을 잊은 채 다시 자전거포로 들어갔다.

402호에 사는 노인은 문 앞에 상자가 놓이는 소리를 들었다. 놓였다기보다는 던져졌거나, 떨어진 것에 가까운 소리였다. 노인은 자신을 노인으로 부르지 않았다. 어쩌면 당연하게도.

노인은 자신을 노인으로 규정하려는 모든 시도에 저항하고 격렬한 거부감을 표출해 왔다. 그러니 그를 더는 노인이라 부르지 말도록 하자. 그의 이름은 재형이었다. 재형은 현관문 밖 초인종 아래 택배 상자가 놓이는 소리를 분명히 들었다. 재형의 청력이 거의 손상되지 않았다는 증거였다. 재형은 다시 택배 기사를 태운 엘리베이터 문이 닫히는 소리도 들었다. 문이 닫힙니다. 문은 스스로 주문을 외고 문을 닫았다. 재형은 택배가 어디서 왔으며 상자에 무엇이 들었는지 알지 못했다. 애초에 그는 아무것도 주문하지 않았다. 누군가 보내온 책일 거라고 재형은 생각했다. 가스 점검원이 다녀간 뒤로 재형은 그날 한 번 더 현관문을 열 생각이 없었다. 오후에 눈이 내린다고 했지… 그것도 아주 큰 눈이. 상자에는 딸이 보낸 음식이 들어 있을지도 몰랐다. 역시 책이거나… 왜 시키지도 않은 음식을 보내, 그(재형)는 생각했다. 책은 그나마 나았다. 썩지 않으니까. 혹은 이미 썩었거나. 어쨌거나 택배 상자에 둘 중 무엇이 들었다고 해도 재형은 문을 열고 그것을 안으로 들여야 했다. 안으로 들이고, 밖으로 내고… 재형은 미국에 간 적이 있었다. JFK공항 입국 심사대에서 그는 직업란에 연극배우라고 적은 카드를 내밀고 뉴욕으로 진입했다. 그가 줄곧 과묵한 노인의 표정을 연기했으므로 세관원은 담배 세 보루가 들어 있던 그의 수화물을 구태여 검사하지 않았다. 사실 그는 시인이었다. (앞의 문장에서 사실은 사실, 필요하지 않다. 앞에 적힌 사실, 이라는 단어는 사실, 재형의 고집 때문에 쓰였다.) 그는 공항에서 바로 택시를 잡았다. 택시는 너른 지평선을 건너 복잡해 보이지만 실은 단순하게 구획된 도시를 지나갔다. 해가 지고 있었다. 팁까지 얹어 100달러에 가까운 요금을 지불하고 내린 숙소 앞에는 이스트벅 페스티벌을 주관하는 단체에서 나온 직원이 그를 기다리고 있었다. 안녕하세요, 먼 길 오시느라 수고 많으셨습니다. 비행은 즐거우셨나요? 여기는 로어이스트사이드입니다. 뉴욕에 오신 것을 환영합니다. 직원이 말했다. 내일 오후 세 시에 이 자리에서 만나도록 하지요. 그에게는 24층 디럭스룸이 배정되었다. 어지간한 사람만 한 창문이 활짝 열리는 방이었지만 그는 감히 방에서 담배를 피울 생각을 하지 않았다. 그는 담배를 피울 때마다 1층으로 내려가 호텔의 안전 요원들과 눈인사를 나누며 담배를 피웠고 술에 취해 허리가 25도, 47도, 75도로 꺾인 사람들과, 보도를 뒹구는 푸른 사과 한 알, 포장 음식을 들고 바삐 걸어가는 사람들을 보았고, 현란한 차림으로 29층 루프톱 바로 향하는 사람들과 함께 엘리베이터에 올라 24층에 내려 자신의 방으로 돌아가는 일을 반복했다. 그러다 둘째 날에는 안전 요원들과 간단한 안부를 주고받는 사이가 되었다. 여기서 일한지 얼마나 됐죠? 금요일 밤이면 온갖 모습들을 볼 수 있어요. 시인이라고 하셨나요? 서울이 뉴욕보다는 클 겁니다. 나는 태어나서 한 번도 뉴욕 주를 벗어난 적이 없어요. 그런데 담배… 방에서 창문 열고 피워도 아무도 모를 겁니다. 뛰어내리기에 충분히 큰 창문이니까요.

잠복 89일째를 맞이한 야생동물 촬영 전문 카메라맨은 이번 시도에서 결국 호랑이를 직접 찍지 못했다. 석 달째 되던 날, 그는 시베리아 설원 한복판에 참호를 파고 지붕을 얹어 만든 움막을 철거하고 최종적으로 철수했다. 그 쓸쓸한 내레이션을 듣고 있던 경비원은 그렇다면 지금까지 화면에 나타났던 호랑이들은 누가 찍은 것인지 궁금했다. 그는 영수증과 서류들이 가지런히 놓인 옥색 철제 책상 서랍을 열고 안쪽 깊숙한 곳을 더듬었다. 소주 팩이 하나 들어 있었을 것인데… 그러나 서랍에는 스탬프와 클립, 스테이플러와 반년 전 이 아파트에서 유일하게 번호가 매겨지지 않은 경비 초소 앞으로 송달된 행운의 편지만 들어 있었다. 그는 서랍을 닫고 의자를 길게 젖혀 등을 기댔다. 그러고는 경비원의 표정으로 곧 눈이 내리게 될 택배 트럭 짐칸 앞의 풍경을 응시했다.

주머니에 팔리아멘트 라이트 담뱃갑을 넣은 소년이 김밥 가게에 들어갔다. 잠깐의 관찰을 통해 소년은 김밥을 마는 사람과 김밥을 써는 사람이 부부이며 나이는 대략 30대 후반이라는 것을 유추했다. 소년은 치즈 김밥과 일반 김밥을 한 줄씩 주문하고 비닐 가죽 의자에 앉아 가게를 둘러보았다. 김밥을 마는 사람은 무뚝뚝했고, 김밥을 써는 사람은 말이 없었다. 소년이 그 둘의 차이를 어떻게 인지했는가? 우리는 모른다. 가게의 벽면은 표창장과 감사패로 가득했다. 낮은 볼륨으로 엑소의 노래가 흘러나오고 있었다. 소년은 어깻짓으로 박자를 맞추며 벽에 걸린 아프리카계로 보이는 아이의 사진을 바라보았다. 사진 밑에 캡션이 있었다. 니제르 아동. 방과 후 활동: 물 길어 오기. 성격: 적극적. 출입문 근처에 매달린 조그만 평면 텔레비전에서 뉴스가 나오고 있었다. 지난밤 영동고속도로 인천 방면 둔내터널에서… 소년은 조밀하게 땋아 내린 니제르 아동의 머리채에 시선을 고정하고 있었다. 아동의 하늘색 원피스. 쑥스러운 듯 웃는 표정. 열

살? 열한 살? 소년은 열아홉 살이었다. 열흘 뒤 입대를 앞두고 있었다. 우리는 소년의 이야기가 조금 궁금할 수도 있다. 뭔가 비밀스러운, 안타까운, 건방진, 슬픈, 아름다운, 이해되지 않는, 기타 근사하고 확정적인 형용사들로 수식될 만한 요소들이 더해진다면. 하지만 소년은 김밥 두 줄이 은박지에 포장되어 나오기를 기다리고 있을 뿐이었다. 텔레비전 화면은 광화문광장에서 있었던 어느 단체의 집회를 보여 주고 있었다. 소년은 화면을 보고 있지 않았다. 그 화면을 아무도 보고 있지 않았다. 한 여자가 문득 터널의 어둠과 소란을 떠올렸을 뿐이었다.

신체가 없었다면 추위도 없었을 것이다. 그는 이 사실에 안도하지 않았다. 안도하려면, 안도를 되찾으려면 시간이 좀 더 지나야 했다. 무슨 일이 있었지? 아무도 대답하지 않았다. 앞에 문이 있었다. 그는 문 앞에 서 있었다. 낯선 추위와는 다르게 언젠가 본 적 있는 문이었다. 그런 느낌이 들었다. 그리운… 어디였지, 언제였지, 그는 생각했고, 자신이 생각할 수 있다는 사실에, 마치 한 번도 생각해 보지 않았던 사람처럼 조금 놀랐다. 어디선가 바람이 불어왔다. 그는 그쪽을 향해 고개를 돌렸다. 그가 고개를 돌릴 수 있다니, 우리로서는, 그 자신조차 놀라운 일이다. 그의 시선이 닿는 곳에 작은 창이 있고, 허술하게 닫힌 틈새로 차가운 바람이 들어오고 있었다. 그는 바람을 보았다. 그는 바람을 볼 수 있었다. 그는 자신이 보고 있는 것을 추위라는 단어로 갈음했다. 그는 눈이 온다는 예보를 듣지 못했다. 하지만 그는 이미 눈 내리는 풍경을 통과했다. 지난밤, 눈 내리는 영동고속도로 인천 방면 둔내터널에서

7.2킬로미터 떨어진 지점을. 그는 감각으로 육박해 오는 추위에 몸서리쳤다. 그는 몸서리를 칠 수 있었다. 몸이 있기 때문이다. 신체를 되찾고 있기 때문이다. 그는 문 앞에서 천천히 한 바퀴를 돌아보고, 자신이 언젠가 본 적 있는 건물 복도에 서 있다는 것을 인지했다. 그는 누구이며, 왜 여기에 있는가. 이는 우리가 그를 대신해 하는 질문이다.

지팡이를 든 노인은 여전히 길을 걷고 있었다. 딱히 목적지를 정해 두지 않고 산책 중이던 노인은 자신의 노인됨을 체념과 원망 없이 받아들인 지 오래였다. 그러나 이 오래이 언제까지 계속될 것인가? 거리에 널브러진 쓰레기 더미가 풍기는 악취와 커피 냄새, 태국 음식점 문틈으로 새어 나오는 향신료 냄새, 빨래방을 지날 때 슬그머니 배어 나오는 세제 냄새, 지하로 이어지는 노래방 출입문의 담배 냄새를 지나치며 노인은 생각에 잠겨 있었다. 조금 전 성가신 보행자를 향해 지팡이를 치켜들었을 때… 노인에게는 어떤 범죄 현장을 목격했다는 강렬한 감각이 발생했다. 그러나 이는 평교사로 40여 년 근무하고 조용히 은퇴한 그가 평생 목격해 왔으며 가담해 온 것이기도 했다. 감각은 그의 지팡이가 원래 자리로 돌아가는 순간 소멸했다. 그의 트렌치코트는 계절에 비해 얇아 보였다. 그는 추운가…? 그는 춥다. 그는 추위를 느낀다. 그가 트렌치코트 안에 두툼한 내피도 입고 있기를. 그의 마른 몸집이 내피와 분노와 다가올 죽음의 무게를 감당할 수 있기를.

경비원의 휴대폰 화면에서 녹음이 우거진 풍경과 함께 심각한 표정의 러시아인 호랑이 연구자가 말했다. 이 호랑이의 행동반경은 2천 킬로미터에 달한다. 우리는 아직 실제로 그를 목격한 적이 없다. 이 단호한 자막 앞에서 경비원은 영상을 정지하고 화면을 확대했다. 러시아 연구자 뒤쪽의 창밖 풍경이 더는 풍경이라 불릴 수 없게 될 때까지.

택배 기사가 402호와 406호 문 앞에 각각 상자 하나씩을 내려놓고 엘리베이터 문이 닫히기 전 아슬아슬하게 다시 엘리베이터에 탔다. 엘리베이터에는 택배 기사의 팔레트와 상자 세 개가 실려 있었다. 택배 기사는 스냅백을 조금 더 뒤로 젖히고 이마에 배어난 땀을 손등으로 닦았다. 그의 트럭 짐칸에는 상자 150여 개가 남아 있었다. 그는 저도 모르게 어떤 노래를 흥얼거렸다. 그가 부르는 노래를 들을 수 있다면, 우리는 그의 나이나 성별, 취미 따위를 특정해 볼 수 있을까? 어림없는 소리다. 설령 특정에 성공한다 하더라도 우연일 뿐이다. 엘리베이터 문이 닫혔다. 3층. 엘리베이터가 조용히 하강했다. 상단에 위치한 전자시계가 세 시 16분을 나타내고 있었다.

그는 여전히 자신이 누구인지 모르는 채로 문 앞에 서 있었다. 그때 3층, 이라는 말이 또렷하게 들려왔다. 어쩌면 기계음 같은… 그리운… 그는 소리가 들려오는 쪽으로 손가락을 꿈틀거렸고, 이어 경직된 목을 돌렸다. 그래, 그에게는 손가락과 목이 있었다. 몸이 있었다. 문이 열립니다. 그의 시선이 닿는 곳에 묵직하면서도 미끈한 소리를 내며 막 문이 열리기 시작한 엘리베이터가 있었다. 은색 필름이 걷혔다. 그는 그것이 엘리베이터라는 것을 알았다. 그는 어떻게 아는가?

하지만 그는 생각하지 않았다. 생각이나 짐작은 아직까지 우리가 해야 할 일이다. 엘리베이터 문이 완전히 열리고, 스냅백을 거꾸로 쓰고 택배 회사 로고가 붙은 파란 조끼를 입은 남자가 상자 하나를 들고 내렸다. 스냅백도 택배 회사도 로고도 조끼도 상자도 파란색도 그에게는 아직까지 감각의 장막 너머에 있지만, 하나, 하나, 그는 숫자를 셀 수 있었다. 하나, 그리고 그다음에는? 아마도 둘. 그는 조끼를 입은 남자를 바라보고 있었지만, 남자는 그를 무시한 채 그에게로 성큼 다가왔다. 그는 저도 모르게 한 발짝 물러났지만, 그의 신체가 미처 완벽하게 동작하기 전에, 남자는 그를 아무렇지도 않게, 마치 아무것도 보지 못했다는 양, 그를 그대로 통과해 상자 하나를 내려놓았다. 이 모든 동작들은 대단히 빠르게 진행되었으므로 그는 당황스러움이라는 감정을 떠올릴 수조차 없었다. (그가 다른 모든 감정들과 더불어 당황스러움도 되찾을 수 있게 되기를.) 상자가 그의 오른발 위에 놓였다. 아니, 그보다는 상자가 그의 오른발을 수직으로 통과했다는 편이 정확하다. 문이 닫힙니다. 명랑한 기계음이 나지막이 들려왔고, 그는 흠칫 몸을 떨었는데, 추위 때문인지 혹은 자신의 발과 존재를 뒤섞은 상자 때문인지는 알 수 없었다. 발에 통증은 없었다. 차갑고, 날카롭고, 미지근하고, 물컹물컹하고, 따스한 물체, 혹은 물체들과 닿아 있다는 미미한 감촉만 느껴질 뿐이었다. 물체, 물체… 그는 중얼거렸다. 택배 기사는 그의 목소리를 듣지 못한 것처럼 보였다. 그가 발 혹은 상자를 내려다보는 동안, 다시 한번, 문이 닫힙니다, 조끼를 입은 남자는 엘리베이터가 아닌 계단을 통해 아래층으로 내려갔다. 가만, 택배 기사의 팔레트는 어디로 갔지? 이는 그가 하지 않아도 좋을 질문이다. 물체, 물체… 그는 물체주머니라는 단어를 떠올렸고, 이어 물체주머니와 그 안에 들어 있던 물체들을 떠올렸다. 주스 가루, 스포이트, 시험관, 클립, 산가지… 그는 이러한 물체들과 그 세부들을 떠올릴 수 있었다. 그리운… 팔레트 없는 발소리가 조금씩 멀어졌고, 그는 상자에 오른발이 꿰인 채로 고개를 낮추어 상자 겉면을 보았다. 1동 303호. 원석희. 고양이용 습식 사료 12ea. 그러자 기억이 났다. 기억이… 났는가? 그렇다. 그제야 그는 자신이 낯선 추위를 느끼며 어디선가 본 적 있는 현관문 앞에서 있는 이유를 생각해 냈다. 엘리베이터는 여전히 3층에 멎어 있었다. 그는 3층으로 올라올 때 자신이 계단을 이용했는지, 엘리베이터를 탔는지 기억하지 못했다. 앞으로도 그 기억은 없을 것이다. 그는 영동고속도로 둔내터널에서 인천 방면으로 7.2킬로미터 떨어진 지점에서 서울 마포구 합정동까지 어떻게 하룻밤 사이에 이동할 수 있었는지 기억하지 못했다. 조금도. 앞으로도 그 기억은 없을 것이다. 물체… 고양이… 밥… 그는 두 손을 내려다보았다. 손이 있어야 할 자리에 손이 있었다. 그가 천천히 손을 들자 문고리와 도어록이 손바닥 뒤로 비쳤다. 손금이 그물처럼 문고리와 도어록을 움켜쥐고 있었다. 그는 문을 열어야 했다. 그가 문을 열어야 하는 이유는 주머니쥐와 해초 캔을 암갈색 고양이에게 주어야 하기 때문이었다. 그는 문을 열어야 했다. 고양이에게 밥을 주어야 했다. 그는 오로지 고양이와 암갈색, 캔을 따는 간결한 동작에 대해서만 생각했다. 그런데 어떻게 캔을 딸 수 있지? 그보다도 어떻게 문을 열어야 하지? 그는 문을 열어야 했다. 그가 문을 열고 고양이에게 밥을 주어야 하는 이유는 그들이 탄 흰색 승용차가… 그리운…

반파… 가드레일… 그는 그들을 그리워하는가? 그러니까, 그가 그들이었을 때, 그가 그들의 일부였을 때, 그들이자 그였던 어떤 사람들을, 어떤 죽은 사람들을. 우리는 알 수 없지만 아마도 그럴 것이다. 그는 그렇게 그리움이라는 감정을 되찾았다. 아직 재명명이 이루어지지 않았을 뿐이다. 그들… 그리운… 그… 그들 중 한 명은 운전석에서, 다른 한 명은 조수석에서 발견되었다. 뒷좌석에도 사람이 탔던 흔적은 승용차가 반파될 때 사라졌을 것이다. 구급대원들이 그들…의 사체를 수습했고 그들의 신체 잃은 영혼은 사라지는 중이었다. 구급대원들은 이상하다고 생각했을 것이다. 무엇이? 자동차 앞에 탄 두 사람의 상반신이 기이한 각도로 꺾여 있다는 것이, 둘 다 무언가를 간절히 바라듯 뒷좌석을 향해 두 팔을 있는 힘껏 뻗은 자세라는 것이. 그러나 뒷좌석에는 아무도 아무것도 없었다. 죽은 자도 영혼도 없었다. 지난밤, 강원도 산간 지방에 아주 많은 눈이 내렸다. 이상할 일은 아니었다. 강원도 산간에는 겨울마다, 가끔은 겨울이라고 부르지 않는 계절에도 많은 눈이 내리니까. 자꾸만 하얘지는 도로 위에서 분주하게 작업 중이던 구조대원들을 지켜보는 고양이가 있었다. 고양이는 녹색 눈으로 신체를 잃은 두 개의 영혼과 다섯 명의 뜨거운 신체를 지켜보았다. 그것을 모르는 채로, 구급대원들 중 누군가는 지킬 수 있다면 지켜야 해, 지킬 수 없더라도 지켜야 해, 라고 생각했지만, 그것이 자신의 생각이 아니라 소멸되어 흩어지기 직전의 영혼이 하는 말이라는 것은 알지 못했다.

그때 4층의 여자는 몸서리를 쳤다. 아니야, 아니야… 여자는 들켰을 리가 없다고 생각하면서, 삶을 기이한 방향으로 비트는 불가해한 충동 때문에 저도 모르게 훔칠 수밖에 없었던 귀걸이 한 쌍을 바라보았다. 세 시 17분. 여자의 예상과는 달리 죄책감이 오래 지속되고 있었다. 여자는 텔레비전을 켰다. 홈쇼핑과 드라마와 음악 방송을 지나 여자는 뉴스 채널에 도착했다. 오후부터 상당한 눈이 내릴 예정입니다. 퇴근길 단단히 대비하셔야겠습니다. 아나운서가 말하고 있었다. 여자는 창문 너머를 돌아보았다. 잔뜩 흐린 날이었다. 곧 폭설이 쏟아지더라도 이상하지 않을 날씨였다. 습기… 그런데 우리가 여자를 계속 여자라고 불러도 좋을까? 이 여자에게도 이름이, 혹은 스스로 지칭되기를 원하는 단어가 있지 않을까? 여자는 이런 질문들을 하지 않았다. 여자에게는 이유가, 그러니까 자신이 어쩌면 존재하기 시작한 뒤 처음으로 어떤 의도에서 물건을 훔친 이유가 필요했다. 지난밤 평택화성고속도로에서 안녕 방향으로… 여자는 8중 추돌 사고 현장을 내보내는 화면으로 시선을 돌렸다. 끔찍한… 그러면서 순간적으로, 연해주 해안가를 어슬렁거리는 호랑이 두 마리의 이미지를 떠올렸다. 카메라맨은 오래전 철수한 뒤였다. 그러나 여자에게 오랜 뒤가 있을까? 호랑이는 혼자 사냥하는 동물입니다. 여자는 앞으로도 한두 번쯤 사소한 범죄를 저지를 것이고, 20여 년 후, 집을 사는 데 사용한 대출금을 운 좋게 모두 상환한 뒤에도 살아 있기를. 큐빅이 하나씩 붙은 은제 귀걸이는 잃어버린 귀걸이 한 짝들의 세계로 사라지겠지만, 그렇더라도 여자는 심연 속으로 사라지지 않기를. 페이지 밖에서 이 여자에게도 이름이 주어지기를.

뒤로 걷는 사람은 여전히 뒤로 걷고 있었다. 그는 사람들의 뒤통수가 아닌 얼굴 표정을 볼 수 있었다. 그것이 보였다. 사람들은 그의 모습이 보이지 않는다는 듯 무심하게 걸었지만 간혹 개들이 그에게 노골적인 관심을 보였다. 개가 그에게로 다가오고, 그가 개에게로 다가가고, 그와 개의 거리가 가까워질 때마다 그는 자신이 그 개를 사랑하고 있다는 걸 알았다. 어떤 개와 가까워지더라도 그가 마주한 개를 사랑하게 되었다는 사실에는 변함이 없었다. 그중 한 개는 앞발을 들고 그에게 지나친 관심을 표명하기도 했다. 그러면 그는 그 개를 지나치게 사랑했다. 그는 무릎을 꿇고 고개를 낮추고 손등을 공손히 개에게 내밀었다. 그러면 개는 그의 손등을 핥았고, 어쩌면 그는 그대로 죽고 싶었을지도 몰랐다. 개가 어째서 허공을 핥고 있지? 하지만 목줄을 쥔 사람들은 개의 불가해한 충동에 익숙했으므로 그저 기다렸다. 노란 개, 하얀 개, 검은 개, 갈색 개, 파란 개, 빨간 개. 그는 뒤로 걸어가며 온갖 개들을 보았다. 큰 개, 작은 개, 명랑한 개, 시무룩한 개. 우리가 그의 모습을 보는 건 대략 30여 분 동안이다. 그는 합정동에서 망원동까지 1.5킬로미터가량을 뒤로 걸으면서 다행히도 전봇대에 뒤통수를 박거나 소화전에 허벅지를 부딪거나 기타 위협적인 장애물들에 발을 채여 넘어지지 않았다. 우리가 지켜보고 있으므로. 간혹 간판이나 그림자, 혹은 추위, 혹은 다른 행인들에 가려져 보이지 않을 때도 있지만, 그래도 우리는 그를 지켜보고 있다. 그가 넘어지지 않도록, 다치지 않도록, 사라지지 않도록. 우리는 그가 누구인지, 어째서 뒤로 걷고 있는지 결코 모를 것이다. 그래도 되는 경우들이 있다.

재형은 로어이스트사이드와 허드슨강 사이에서 일어났던 일에 대해 계속 생각하고 있었다. 뉴욕에 도착한 다음날 그는 호텔 로비에서 페스티벌을 주관하는 단체의 직원을 만나 택시를 타고 이스트벅으로 갔다. 1960년대까지 빈민 구제 시설로 사용되던 건물이 예술가 전용 아파트로 바뀌어 있었다. 그는 80년 전 건물이 여전히 아름다울 수 있다는 사실에 감탄했고, 이러한 감탄이 덧없음을 자각했다. 그가 해야 할 일은 판화가의 집에서 시를 낭독하는 것이었다. 판화가의 집은 3층에 있었다. 층고가 높은 집 안 벽마다 온통 미술 작품들이 걸려 있었다. 풍경, 정물, 인물, 추상. 빨강, 파랑, 하양, 노랑, 초록, 그 외에 멋진 색이름들: 세이지그린, 앰버, 터키시브라운, 차콜그레이, 오페라, 클라우디블루. 그 외에 재형의 사전에는 없는 색채들. 재형은 작품들을 하나씩 둘러보며 그 집의 층고에 감탄했다. 허드슨강이 내려다보이는 창가 앞 안락의자에 앉은 그는 낭독을 앞두고 열 살가량 연상으로 보이는 판화가와 짧은 대화를 나누었다. 백발의 판화가는 그를 향해 눈을 찡긋하며 한국 여자들은 어떤가요, 물었고 재형은 당황하지 않고 노래를 부르기 시작했다. 아메리칸 우먼, 레니 크래비츠. 엘에이 우먼, 더 도어스. 여의도 우먼, 김목경. 희한하게도 세 곡은 위화감 없이 어우러졌다. 판화가가 괴성을 지르며 박수를 쳤다. 재형은 표정 없이 읽어야 할 원고를 들여다보았다. 이스트벅 아파트에서는 해마다 각국 예술인들을 초청해 거주자들과 어우러지는 축제를 기획한다고 했다. 재형에게는 판화가가 있었고 옆방에서는 어쩌면 시인과 조각가가 비슷한 채도로 대화를 나누고 있을지도 몰랐다. 복도에서 관객들이 방들을 기웃거리며 머뭇거리고 있었다. 그중 한둘이 판화가의 집에 들어왔다. 재형은 안도했다. 마침내 낭독을 시작할 수 있었던 것이다. 그는 열 명 남짓한 청중 앞에서 한국 시를 한국어와 영어로 번갈아 읽었다. 시 세 편을 읽고 낭독을 마쳤을 때 청중과 판화가가 소박하게 박수를 쳤다. 청중이 나가고 잠시 딴생각을 하는 것 같았던 판화가는 독립기념일에 불꽃놀이가 시작되자 아래층에 사는 화가가 갑자기 찾아왔다고 불쑥 말했다. 그녀는 나보다 열 살가량 어렸습니다. 불꽃이 터지면서 이 방 안이 더욱 환해졌죠. 재형은 그날 가장 흥미로운 대화가 시작되리라 기대했다. 판화가가 말을 이었다. 그녀는 2001년 이후로 커다란 폭발음이 들릴 때마다 그날 그 일이 다시 벌어지고 있다는 공포 속에 나를 찾아오는 겁니다. 재형은 콜라주와 판화 작품들이 길게 자라난 식물들과 그럴듯하게 어우러져 화보처럼 연출된 예술가의 방과 커다란 창에서 내려다보이던 한 폭의 허드슨강과 그곳에 자신이 존재함을 믿기 어렵다는 표정으로 앉아 있던 청중과 온건한 햇빛, 그리고 눈을 찡긋하던 백발의 예술가를 동시에 떠올리며 손이 닿지 않을 정도로 쌓인 책들의 무덤을 지나 현관으로 향했다.

건물 어디선가 문이 열리고 닫히는 소리, 초인종이 울리는 소리, 엘리베이터가 오르내리는 소리가 꾸준히 들려왔다. 그는 이 모든 소리를 동시에, 그러나 순차적으로 들으면서 문 앞에 서 있었다. 그는 이 문을 열어야 했다. 그래야 했다. 지킬 수 있다면 지켜야 해, 지킬 수 없더라도 지켜야 해. 그는 이 말을 셋 중 누가 했는지 기억하지 못했다. 어렴풋이, 그리운… 그들…이 언젠가 광화문 근처 광폭 도로를 차로 지나갈 때, 끊임없이 끼어들고 빠지면서 진로를 바꾸는 차들을 두고 셋 중 누군가가 마치 보이지 않는 실로 뜨개질을 하는 것 같다고 묘사했던 기억이, 그러니까 단 하나의 기억이 떠올랐을 뿐이었다. 그때 그는 운전석에 앉아 있었는데… 아니, 아니다. 그는 조수석에 앉아 있었다. 아니, 아니야… 그런 건 중요하지 않았다. 중요한 것은 그가 문을 열고 고양이용 주머니쥐와 해초 캔을 집 안으로 들여야 한다는 것이었다. 밤… 도로… 그들… 그들이 탄 차는 하얀 도로를 달리고 있었다. 하나의 장면. 마치 흑백사진을 통과하는 것 같다고 누군가…가 감탄했던 것 같은, 어렴풋한 기억. 그는 정수리에 묻은 눈을 털어 내는 것처럼, 머릿속의 허연 안개를 걷어 내려는 것처럼 고개를 세차게 흔들었다. 그러니까, 그에게는 고개가 있었다. 정수리가 있었고, 머리가 있었다. 하지만 날카로운 마찰음도 새된 비명도 경고등도 고양이도 구급대원도 정지된 시간도 기억하지 못하는 채로 그는 현관 도어록에 손을 가져다 댔다. 손, 그래, 그에게 손이 있다는 건 분명했다. 그는 아주 익숙한 동작으로, 아무 생각 없이, 그는 아직 생각의 연쇄를 만들어 낼 수 없으므로, 무심하게 도어록 덮개를 젖히려고 했지만, 그것이, 표면이 매끈하고 젖히는 방법이 분명하며 무게가 있어 중력의 영향을 받는 것이 분명한 그 물체가 그의 손끝에 만져지지 않았다. (뭐라고 설명할 수 있을까? 닿지 않았다고 할 수 있을까? 아니다. 그의 손끝은 덮개에 닿았다. 다만 만질 수 없었을 뿐이다.) 그는 선서하는 사람처럼 오른손을 들고 닿았지만 감촉이 없는 덮개를 바라보며 다음 단계를 생각했다. 그러니까, 비밀번호를. 그는 거의 아무것도 기억하지 못하면서도 비밀번호라는 것이 존재하며 그것을 알아내야 한다고 생각했다. 그는 전력을 다해 생각했다. 그는 아직도 자신이 누구인지 모르지만, 그럼에도 불구하고 문을 열어야 했다. 그는 눈을 크게 감았다 떴고, 그러자 1111이라는 숫자가 선연해졌다. 간밤에 생을 다한 자의 생일이었다. 운전석에 앉아 있던… 그리운… 집 비밀번호를 연속된 네 자리 숫자로 설정했다는 것에 경악했던 기억이, 그의 마음속에, 이제 막 되찾기 시작한 마음속에 서서히 떠올랐다. 어떤 형상으로, 마치 되살아나는 것처럼. 그는 다시 한번 손가락을 꿈틀거렸고, 반투명한 검지 끝을 도어록 덮개에 가져다 댔다. 열어, 문을 열어! 누군가…가 쥐어짜듯 외쳤던 것 같은… 깨진 창문으로 날아든 눈송이들이 이내 녹았던 것 같은… 그런 기억은 그의 것이 아니었다. 그가 사력을 다해 덮개를 밀어젖히려는 순간, 놀랍지 않게도 그의 반투명한 신체는 그대로 닫힌 문을 통과했다. 이편과 저편을 가르는 철제 현관문을 통과할 때, 그는 반사적으로 눈을 감았고, 그들의 마지막 손길을 떠올렸다. 희미하게… 격렬한… 그리운… 그리고 그가 다시 눈을 떴을 때, 천천히 기지개를 켜고 나른히 다가오는 고양이가 보였다. 고양이의 고양이다운 표정을 바라보며, 그는 자신이 지난밤 한 번 죽었다는 것을 마침내 기억해 냈다.

경이로운 광택. 경이로운….

김밥 가게에서 나온 소년이 자전거가 제자리에 서 있는 걸 확인하고 김밥 가게 간판 밑에서 담배에 불을 붙였다. 단층 건물 지붕 위에서 어슬렁거리던 고양이 두 마리가 연기에 질색했는지 펄쩍 뛰어 달아났다. 소년은 그들의 궤적을 알지 못하는 채로 담배를 문 채 미농지를 씌운 것 같은 거리를 내다보고 있었다. 점퍼 주머니에 반쯤 꽂히듯 들어 있는 김밥의 온기가 빠르게 사라지고 있었다. 2차선 도로 건너편에는 필로티 구조의 빌라 한 동이 서 있었다. 합정 에덴빌. 1층 주차 구역에서 두 사람이 주차하고 있었다. 운전석에 한 사람이, 기둥 옆에 한 사람이. 오케이, 오케이. 기둥 옆의 사람이 말했다. 은색 자동차가 45도 전진과 45도 후진을 반복했다. 베리 굿, 베리 굿. 기둥 옆의 사람이 말했다. 자동차는 조금씩 흰색 선 안으로 진입하고 있었다. 안전하게, 아무도 다치게 하지 않으면서. 소년의 담배 끝이 타들어 갔다. 거리에서 매캐한 냄새가 났다. 소년은 문득 뒤를 돌아보았고, 유리문에 붙은 전 메뉴 포장 가능이라는 문구를 보았고, 다시 고개를 돌리다 잠시 눈을 감았고, 순간 온통 주홍색이 된 눈꺼풀 너머에서, 언젠가 밤에 공원에 갔던 날, 보라매공원이었지, 거길 왜 갔을까, 축구공을 찾으러 갔던 건 아니었는데, 아무튼 그날, 선선한 여름밤 산책을 나온 사람들이 많았던 날, 소년은 드문드문 가로등이 켜진 공원을 설렁설렁 걸었고, 그러다 누군가 갑자기 외쳤다. 거기 조심해! 소년은 반사적으로 뒤로 물러났고, 눈을 크게 감았다 떴고, 자신의 눈앞에 헬리콥터가 있으며 그 날개에 한쪽 눈을 부딪칠 뻔했다는 것을 알았는데, 그 기억이 순간 되살아났다. 맥락 없이. 소년은 다 피운 담배 끄트머리를 보도블록에 문질러 잔불을 끄고 꽁초를 그대로 주머니에 집어넣었다. 김밥이 들어 있는 주머니가 아닌, 다른 주머니에. 소년이 만들어 낸 연기는 중력에 반해 허공으로 천천히 올라가는가 싶더니 이내 사라져 버렸다. 고양이들이 멀리서 만족스러운 표정으로 다시 자전거 안장에 오르는 소년을 바라보고 있었다. 그러나 착각일 것이다. 5분간 씨름한 끝에 안정적으로 주차하는 데 성공한 운전자가 기쁜 얼굴로 차에서 내렸다. 기둥 옆에서 기다리고 있던 사람이 말했다. 잘했어. 그렇게 하면 돼. 두 사람은 킥킥거리며 공동 출입문 비밀번호를 누르고 안으로 들어갔다. 그들은 미처 차를 잠그지 않았다. 그들의 은색 승용차는 사이드미러를 펼친 채로 잠시 지난 1만 2천 킬로미터의 주행거리를 추억했다. 이 차는 아직까지 고속도로를 달려 본 경험이 없었다. 배기량 1600cc에 전륜구동이며 가솔린을 급유해 주로 강변북로와 시내 도로들을 달려 본 게 전부인 이 평범한 차에게도 그러나 추억이라고 할 만한 장면들이 있었다. 마포대교를 빠져나와 마포구청역 근처에 도달했을 때, 운전자가 베스트웨스턴호텔을 끼고 우회전했을 때, 민소매 셔츠와 레깅스 차림의 보행자가 전방만을 주시하며 횡단보도를 달려갈 때, 차는 부드럽게 정차했고 보행자는 그것을 인지하지 못한 채 그대로 속도를 높여 달려갔다. 2009년, 혹은 2019년, 혹은 2029년 출고되어 막 1년가량을 주행한 차는 그 순간을 잊지 않기로 했다. 그리고 차는 지금 그 장면을 떠올리며 휴식을 준비했다. 엔진이 천천히 식어 가고 있었다.

8중 추돌 사고 보도 다음에는 독일 함부르크 지방에서 열린 맥주 마시기 대회 보도가 나왔다. 맥락 없이 이어지는 화면들, 그러나 모두 어제 있었던 일들이다. 여자는 어느 정치인들이 했다는 돌발적인 발언들을 조롱하듯 내보내는 화면 앞에서 요가 매트를 펴고 잠시 등을 대고 누웠다가 다시 아기 자세를 취하고 긴 호흡을 내쉬었다. 이게 민주주의라고 할 수 있습니까? 텔레비전 화면에서 누군가가 외쳤다. 언젠가 저들은 죗값을 치르게 될 겁니다. 주어 없이 이어지는 발언들. 여자는 놀랍게도 평온한 얼굴로 몸을 일으키고 전사 1번 자세를 취했다. 다시 호흡. 여자는 외투만 벗어 던져 놓았을 뿐, 여전히 스웨터에 청바지 차림이었다. 여자는 허리가 편해지도록 청바지 단추를 끌렀다. 서브웨이 샌드위치와 버거킹 햄버거 광고가 결투하듯 맞붙고 이어진 오후 뉴스가 다시 한번 대설주의보가 발령되었다는 사실을 알렸다. 세 시 25분. 전사 2번 자세. 여자는 오른팔을 앞으로 곧고 길게 뻗고 거실 유리창 너머를 응시했다. 방울복란, 화이트그리니, 스텔라오아. 여자의 존엄을 위해 한 마디만 하자면 여자는 이 식물들을 훔치지 않았다. (그렇다고 해서 여자가 조금 전 저지른 도둑질이 만회될 수는 없겠지만 어쨌거나 하지 않은 일은 하지 않은 일이다.) 팔걸이의 귀걸이 한 쌍. 소파 밑의 반지 하나. 하나, 한 쌍. 한 여자. 시간이 흐르고 있었다. 당연하게도. 여자가 비둘기 자세를 취했다. 여자의 뼈들이 잠시 서로 어긋나는 것처럼 보이지만 우리는 그렇지 않다고 생각할 수 있다. 여자는 평온한 얼굴로 이마가 요가 매트에 닿도록 상체를 낮추었다. 뉴스에서는 한 시간 전의 보도 내용을 반복하고 있었다. 지난밤 영동고속도로 인천 방면에서… 단신으로 보도되는 사고 뉴스 화면에 고양이들이나 구급대원들은 보이지 않았다. 죽은 자들도, 산 자도 보이지 않았다. 그 이유는 일단 여자가 화면을 보고 있지 않기 때문이다. 하지만 우리는 앞선 사례들과 비슷하게 볼 수 있는 것이 아닐까? 하지만 그렇지 않다. 카메라는 현장에 너무 늦게 도착했으며, 믿을 수 없게도 도착한 적이 없을 수도 있었다. 지나가던 다른 차량의 블랙박스에 찍힌 장면이 송출되고 있을 수도, 아니면 유사한 날씨에 유사하게 일어난 사고 화면이 송출되고 있는지도 몰랐다. 지난밤 영동고속도로 인천 방면으로 둔내터널에서 7.2킬로미터 떨어진 지점에 잠시 머물렀던 고양이들은 다른 안전한 장소에서 낮잠을 자고 있었다. 반파…된 흰색 승용차는 이제 경이로운 광택을 잃고 어디론가 실려 가고 있었다. 혹은 끌려가거나. 여자는 텔레비전 소리를 반쯤 듣고 반쯤 듣지 않으며 비둘기 자세에서 빠져나와 무용수 자세를 취하기 위해 허리를 펴고 몸을 일으켰다. 세 시 31분. 한 번 죽었던 자가 사력을 다해 되살아나고 있던 그 시각, 여자는 긴 숨을 내쉬며 자신의 몸으로 무용수 자세를 취했다. 탈주, 금리 인상, 사무총장, 암 정복, 대낮, 미 연준, 대설, 영하, 강원도, 평택화성고속도로, 자살, 수출길, 파나마운하, 출산율 따위의 단어들이 연쇄적으로 지나가고 있었다. 맥락 없이. 삶처럼, 대부분의 삶처럼.

세 시 34분. 언제 시간이 이렇게 흘렀지? 하지만 놀랍지는 않다. 시간은 언제나 흐르고 있으니까. 부동산 중개인과 곧 세입자가 될 사람이 1층 부동산에서 나왔다. 중개인이 짧은 대화를 시도했다. "이 동네에서 주차장을 잘 갖춘 건물이 많지가 않아요." 세입자가 대답했다. "저는 아직 면허도 없어요." "따면 되죠." 중개인이 잰걸음으로 앞장섰다. 그들은 시베리아 어딘가를 관광 중인 경비원을 지났다. 이 동네 거의 모든 주거용 건물들의 공용 현관문 비밀번호를 알고 있는 중개인이 비밀번호를 눌렀고, 그들은 건물로 들어갔다. "그 집에 아주 예쁜 고양이가 있어요." 중개인이 엘리베이터를 기다리며 말했다. "전 고양이를…" 세입자의 말이 끝나기 전에 엘리베이터가 도착했다. 1층입니다. 그들은 엘리베이터에 올랐다. "나도 고양이를 별로 좋아하지 않았는데, 그 집 고양이는 아주 예쁘다니까." 중개인이 4층 버튼을 누르며 말했다. 일주일간 이사 갈 집을 10여 군데 돌아본 세입자는 이번 방문이 마지막이기를 바랐다. 러닝셔츠 바람으로 라면을 먹고 있던 퉁명스러운 거주자, 자전거와 유아차가 현관을 장악하고 있어 안으로 들어가기가 쉽지 않았던 집, 거실에 온통 카레 냄새가 배어 있던 집, 도둑이 한 번 들었던 것이나 위층에서 물이 새는 바람에 난리가 났었던 사실을 애써 숨기려던 표정의 거주자, 특이하게도 냉장고를 거실 한복판에 두고 쓰던 집, 신발장 옆에 거대한 십자가가 걸려 있던 집, 어린아이가 졸린 눈으로 문을 열어 주었던 집… 4층입니다. 엘리베이터 문이 열리고 두 사람은 4층 복도에 섰다. 406호의 당당한 거주자인 고양이가 두 귀를 뒤로 눕혔다. 이 고양이는 지난 일주일간 다섯 번의 침입을 겪었으므로 조금 언짢아져 있었다. 초인종이 울리고, 문이 열렸다. 고양이는 거실 한복판에 당당한 자세로 웅크리고 앉아 침입자와 마주할 준비를 마쳤다.

분식집 앞에서 초등학생들이 각자 자전거를 세워 두고 떡꼬치를 먹고 있었다. 뒤로 걸어가는 사람이 그 장면을 잠시 목격했다. "나는 자전거를 7년이나 탔어." 한 아이가 의기양양하게 말했다. "우리 집에는 15년 된 자전거가 있어." 다른 아이가 분하다는 듯 말했다. 또 다른 아이는 떡을 우물거리다 점퍼 앞자락에 양념을 떨어뜨렸다. 이 아이들이 7년 뒤에도 혹은 15년 뒤에도 저마다의 길에서 자전거를 타고 있기를. 이루어지기 쉬운 바람처럼 보이지만, 우리의 생각보다

쉽지 않을 수도 있다. 방학 중인 아이들은 다 먹은 꼬치를 분식집 앞 쓰레기통에 던져 넣고 다시 자전거에 올라 눈이 내리기로 예정된 거리를 빠르게 달려갔다.

여전히 시간이 흐르고 있었다. 502호에서 아내가 언제고 배반당할 믿음을 가장하며 남편에게 입을 맞추었다. "오늘 눈 많이 온대." 남편은 고개를 끄덕이고는 구두 뒤축을 구겨 신고 집을 나섰다. 아내는 조용한 식탁에 앉아 싱크대 뒤로 조그맣게 난 창문 너머를 바라보았다. 하늘이 흐렸다. 곧 눈이 쏟아지더라도 이상하지 않을 날씨였다. 그는 문득 익숙한 풍경이라고 생각했다. 보자… 그가 어디서 이런 하늘을 보았는지 우리는 생각해 볼 수 있다. 예컨대 10여 년 전, 그가 아직 학생이었을 때다. 그는 프랑스 리옹에서 프랑스어를 배우게 되었다. 방을 구하고, 학교에 등록하고, 음식에 적응하고 한 달쯤 지났을 때, 그의 아버지가 14박 15일 일정으로 유럽 여행을 온다는 소식을 알렸다. 파리에서 이틀 체류하니 만나서 유람선이라도 같이 타자는 얘기였다. 그는 리옹에서 샤를드골공항까지 TGV를 타고 갔다. 공항 터미널은 세 개였다. 다행히도 그는 많이 헤매지 않고 아버지가 탄 비행기가 도착할 터미널을 찾아냈다. 비행기가 연착했고, 짐이 늦게 나온 탓에 대기시간이 길어졌으나 그는 하릴없이 마냥 앉아 사람들 구경하는 것도 나쁘지 않다고 생각했다. 그때 그가 벤치에 앉아 어떤 샌드위치를 먹었지? 조그만 매점에서 마카롱을 하나 샀을 수도 있다. 그건 무슨 맛이었지? 피스타치오… 아니면 블루베리… 그의 아버지는 한국인 단체 관광객 마흔세 명과 함께 도착했다. 그는 아버지와 짧게 인사를 나누고 대형 버스에 올라 파리 동쪽 외곽에 위치한 숙소로 이동했다. 호텔에 도착했을 때는 방 문제로 가이드와 약간 입씨름을 해야 했다. 아버지와 파리에서 이틀만 동행하기로 한 탓에, 게다가 의견이 잘 전달되지 않았던 탓에 그는 낯선 사람과 한방을 써야 했는데, 그가 난색을 표하자 가이드는 1인실을 하나 내주었다. 아버지는 동년배의 민주당 열성 당원과 같은 방을 쓰기로 되어 있었다. 그는 아버지와 로비에 마련된 작은 바에서 맥주를 한 잔씩 마셨다. 호텔 내부는 금연이었다. 그는 다음 날 일찍, 해가 뜨기 전 잠에서 깼다. 생리대가 필요했다. 그는 가이드에게 부탁할까 하다가 무작정 밖으로 나갔다. 온통 어두웠고, 불빛이 많지 않았다. 그는 길을 잃지 않도록 자주 뒤를 돌아보며 걷다가 큰 개를 데리고 산책을 나온 여자와 마주쳤다. 그는 여자에게 가까운 슈퍼마켓의 위치를 물었다. 그는 생리대를 프랑스어로 알지 못했고, 자신이 아는 단어를 모조리 끌어다 위생과 관련된, 휴지와 비슷한 물건을 찾고 있다고 설명했다. 여자가 그의 서투른 말을 제대로 알아들었는지는 알 수 없지만, 어쨌거나 여자는 어떤 방향을 가리켜 보였고, 그는 그쪽으로 걷기 시작했다. 거대한 평지에 교외 주택들이 끝없이 늘어서 있었고, 역시 교외 주택들을 짓고 있는 것처럼 보이는 공사 현장만이 계속 이어졌다. 트럭들과 인부들이 간간이 눈에 들어왔다. 곧 해가 뜰 것 같았다. 하지만 슈퍼마켓은 보이지 않았고, 있다 하더라도 문을 열었을 것 같지 않았다. 그는 15분쯤 걷다 다시 돌아가기로 했다. 먼저 호텔의 붉은 간판이 보였고, 그는 그제야 그 동네의 이름을 샹틀루라 발음한다는 것을 알았다. 노래와 늑대. 그는 호텔 입구에서 허술하기 짝이 없는 아침 식사를 하고 나온 한국인 관광객들과 마주쳤다. 그들은 동이 트기 시작한 붉은 지평선을 바라보고 있었다. 한 여자가 그곳을 가리키며 "저기, 저쪽이 바다인가?" 크게 외쳤고, 그는 말도 안 된다고 생각하면서도 어쩐지 듣기 좋은 말이라고 생각했다. 바다가 보이지는 않았지만 어쨌거나 그쪽으로 계속 가다 보면 바다가 나올 테니까. 그는 방으로 돌아가 불안해하며 샤워했고 창틀에 걸터앉아 담배를 피웠다. 그러고는 로비에서 아버지를 비롯해 다른 한국인들을 만나 다시 대형 버스에 올랐다. 까무룩 잠들었다 일어나 보니 그들이 탄 버스는 출근 시간의 파리 시내로 진입하고 있었다. 그는 초조해졌다. 오전 여덟 시, 11월의 파리 하늘은 온통 흐렸다. 그는 옆에서 잠든 아버지와 분주히 걸어가는 차창 밖 행인들과 꽉 막힌 도로를 바라보며 주먹을 쥐었다 펴기를 반복했다. 그리고 어떻게 되었지? 그는 창문 밖 창문과 벽, 하늘을 바라보며 생각했다. 그들의 버스가 제일 먼저 개선문으로 갔던가? 아니, 에펠탑이었나? 그는 생리대 문제를 어떻게 해결했는지 기억하지 못하고 있었다. 분명 해결되었는데… 왜냐하면 아무 일도 없었으니까… 적어도 겉으로는… 다음 날 코피를 흘렸던 일은 기억이 났다. 이틀간의 일정이 고되어 그럴 만했다. 그는 파리 동역에서 아버지와 헤어졌다. 아버지는 손을 흔들며 기차역으로 들어갔다. 아버지는 기차를 타고 국경을 넘는다는 생각에 즐거워했다.

그의 아버지는 이제 존재하지 않는다. 그의 아버지는 되살아나지 않았다. 그럴 이유가 없었다. 죽음은 쾌적한 직물로 맞춘 옷 같아서 한 번 죽은 자들은 여간해서는 다시 살려고 하지 않았다. 그의 아버지와 보름 동안 같이 여행했던 사람들

중 세 명이 역시 이제는 존재하지 않는다. 그들은 저마다 힘겹게, 혹은 모르는 채로 죽음을 맞이했고, 과정은 순하지 않았으나 이후는 편안했고, 이내 편안하다는 말도, 그러니까 어떤 말도 필요하지 않게 되었다.

뒤로 걷고 있는 사람은 추위를 느끼지 않았다. 아무도 반팔 셔츠와 반바지 차림의 그를 경악하는 눈으로 빤히 쳐다보지 않았다. 그는 보이지 않는 사람처럼 당당하고 태연하게 뒷걸음질로 걷고 있었다. 어쩌면 그는 보이지 않는 사람일지도 몰랐다. 하지만 그는 아무것도 보지 않으면서 동시에 모든 것을 보았다. 예컨대 희미한 햇살 한 줄기, 골목에서 휴대폰을 들여다보며 담배를 피우는 사람의 얼굴에 순간 스친 악의, 음식점 앞에 줄을 서 있던 사람 하나가 크게 웃음을 터뜨릴 때 튄 침방울의 궤적, 지난달 이르게 내린 눈, 눈송이들, 녹은 눈, 곧 내릴 눈, 하얀 눈, 잿빛 눈, 검은 눈, 그와 점점 더 가까워지는 보행자가 어깨에 걸친 초록색 가방끈, 그것의 해진 모양, 산책하는 개의 표정과 반들반들하게 빛나는 두 눈, 주행 중인 트럭의 지붕 위에서 비행 중인 비둘기, 도시의 동물들, 계절의 악의와 선의, 혹은 그 사이의 모든 것들. 온갖 개들. 그가 더 많은 개들과 인사를 나눌 수 있기를. 그는 개의 언어를 알았다. 개들은 그가 자신들의 언어로 말하고 있다는 것을 알았다.

바람. 이제 노래가 나올 시간. 오후 세 시 52분. 곧 눈이 내릴 것이었다.

가스 점검원이 301호 초인종을 누르고 있었다. “누구세요?” 인터폰 스피커에서 새된 목소리가 흘러나왔다. 어린애였다. “어른 계시니?” 가스 점검원이 말했다. 스피커 너머에서 잠시 침묵이 이어졌다. “제가 어른인데요?” 아이가 말했다. 가스 점검원은 목을 가다듬고 대답했다. “가스 검침 나왔습니다.” 문이 열렸다. 키가 크고 성마른 인상의 여자가 가스 점검원을 향해 꾸벅 인사했다. 개가 짖었다. 가스 점검원은 개를 향해 눈을 찡긋하고 머쓱한 얼굴로 안으로 들어섰다. 가스 점검원은 이 건물에 속한 모든 집들의 보일러실 위치를 알고 있었다. 실은 전부 똑같은 곳에 위치했고, 설령 전부 다른 곳에 있었더라도, 그는 저마다의 위치를 알고 있었을 것이다. 합정동은 그의 구역이었다. 지난 몇 년간 그는 이 구역에 속한 거의 모든 집들을 다녀갔고, 그러면서 흔적을 남기지 않도록 주의를 기울였다. 호랑이와는 다르게. 호랑이들은 수천 킬로미터를 이동하면서 자신의 강렬한 흔적을 남긴다. 경비원은 여전히 호랑이가 거의 나오지 않는 호랑이 다큐멘터리를 보고 있었다. 높이 솟은 나무들, 무릎까지 빠질 정도로 쌓인 눈, 없는 발자국, 개들이 가끔 찾아내는 호랑이의 배설물, 기암괴석, 바다, 기다림. 대부분의 기다림은 눈에 보이지 않지만, 석 달째 잠복한 카메라맨의 기다림은 만질 수 있을 정도로 선명했다. 경비원이 들여다보고 있는 조그만 휴대폰 화면으로도 그 돌출된 기다림을 감각할 수 있었다. 휴대폰 화면 속에서도, 눈이 내리기로 예정된 거리 위에서도 새들이 간헐적으로 날고 있었다. 아무 방향으로나. 그러나 그들에게는 목적지가 있을 것이다. 보이지 않을 뿐이다. 가스 점검원이 가스 밸브를 확인하고 보일러를 확인했다. 아무 일도 없다. 나쁜 일은 일어나지 않을 것이다. 거실에서 서성거리던 키가 큰 여자가 불쑥 냉장고를 열고 캔 커피를 꺼내 가스 점검원에게 권했다. 가스 점검원은 침착한 말투로 아무 이상이 없다는 말을 전하며 캔 커피를 받아들고 단말기를 꺼내 서명을 요청했다. 최상원. 다음 스텝이면 잊힐 이름 하나가 기계에 입력되었다.

베트남 식당의 요리사와 서버는 문을 잠그고 최소한의 조명만 남겨 둔 식당에서 쉬고 있었다. 그들은 여느 때처럼 서로 거의 말하지 않았다. 약한 불에서 끓고 있는 육수와 각종 야채 냄새가 벽과 바닥에 배어 있었다. 2년 전 베트남에서 한국으로 온 이들은 각각 눈이 내리기를 원했고 원하지 않았다. 눈이 내리면 거리가 더러워지지, 한 사람이 생각했다. 혹은, 눈이 내리면 거리가 검어지지, 이렇게 생각했는지도 모른다. 둘 다 아닐 수도 있다. 다른 한 사람은 눈이 내리기만을 갈망하는 씨앗들을 생각했다. 어려서 읽은 동화에서 흙 속에 묻힌 씨앗들이 어서 눈이 내려 따스해지기만을 바라는 이야기를 읽었던 것이다. 그 씨앗들은 어째서 눈이 내리기를 바랐을까? 눈은 차갑다. 차가운 눈. 얼음처럼. 그는 생각했고, 이내 벽의 길이에 맞추어 제작된 긴 의자에 드러누워 짧은 모포를 덮고 낮잠을 청했다.

그리고… 그는 여전히 자신의 존재를, 자신이 존재함을 믿을 수 없다는 듯한 표정으로 암갈색 고양이를 마주하고 서 있었다. 고양이는 표정 없이 그를 올려다보고 있었다. 그리고 집 안의 모습은… 익숙한가? 아니면 낯선가? 그는 고양이를 보았고,

이어 집 안을 둘러보았다. 익숙하면서도 낯설고, 낯설면서도 익숙한… 그리운… 그래, 어젯밤 죽었던 것이 확실해, 그는 생각했다. 그렇지 않다면… 그때, 모든 것이 검어지고 붉어지던 때, 그리고 하얘지던 때, 다시 검어지던 때, 누구의 것인지 모를 두 개의 팔이, 모두 왼팔이었지, 그래, 왼팔이었다, 그에게로 날아들었고, 그는 다음 순간, 아무런 타격감 없이 눈 덮인 도로에 나동그라졌는데, 그러기까지 얼마나 걸렸을까? 그런 시간을 어느 종교에서는 찰나라고 표현한다. 혹은 영겁이거나. 지킬 수 있다면 지켜야 해, 지킬 수 없더라도 지켜야 해. 그런 말을 들었던 기억이 났다. 그는 한 번 죽었던 자의 어정쩡한 자세로, 자신의 존재를 보증하는 그 어설픈 자세로 집 안의 냉랭한 기운을 느꼈다. 암갈색 고양이가 그에게로 다가왔다. 그래, 그는 자신이 되살아난 이유를 이해했다. 이거였어… 그의 의식 일부가 명료해졌다. 그리고 다음 부분이, 또 다음 부분이. 그는 눈이 내리기 시작할 때 완전히 존재하게 될 것이다. 전부 이해할 것이다. 슬픔은 그다음 차례였다.

아내의 배웅을 받으며 출장길에 나선 남편은 딱히 아무런 생각을 하지 않은 채 지하 주차장으로 내려갔다. 누구와도 마주치지 않았다. 그의 차는 어제 주차해 둔 자리에 아무 일 없이 서 있었다. 그는 차에 올라 운전석에 앉고 안전띠를 맸다. 그 어떤 생각도 필요하지 않은 일련의 동작. 그는 내비게이션이 요구하는 대로 목적지에 김포공항을 입력하고 시동을 걸었다. 그가 아무 생각도 하지 않고 있으므로 그에게도 어떤 추억을 주도록 하자. 그의 존재를 보증할 만한, 그가 겨우 존재하게 할 만한… 그는 어느 항구의 카페에서 어떤 음료를 마신

적이 있었다. 카페 안에서는 어느 축구팀의 유니폼을 입은 대여섯 명이 어떤 술을 마시고 있었다. 카페 구석에 매달린 조그만 텔레비전에서 어느 축구팀과 또 어느 축구팀의 경기가 펼쳐지고 있었고, 그러다 어느 팀이 선제골을 넣었다. 유니폼을 입은 사람들이 환호성을 올렸다. 그는 그들이 외지인일 것이라 생각했다. 그때 또 다른 테이블의 손님들이 데리고 왔던 어떤 개들이 경고하듯 컹컹 짖었다.

606호에 사는 사람은 초인종 소리를 듣고 느지막이 몸을 일으켰으나 방문자가 누구인지 확인하지 않았고 문을 열어 주지도 않았다. 그는 침대에 앉아 햇빛의 길이로 시간을 헤아렸다. 그에게는 햇빛이나 그림자의 길이와 밀도로 시간의 변화를 세심하게 알아차릴 만한 눈이 없었지만, 그래서 시간이 자꾸 어긋났지만, 자신이 지금 오후라는 커다란 시간의 단위에 속해 있다는 것을 알 수 있었다. 그는 굳이 하지 않아도 될 일들을 시도하면서 많은 시간을 소모해 왔다. 그러나 시간은 늘 지나치게 많이 남아 있으므로 나쁘지 않았다. 밖에서 공사라도 하는 중인지 단단한 물체들을 치고 때리고 싣고 나르고 던지는 소음이 들려왔다. 하지만 그는 괜찮다고, 이제 막 일어났을 뿐이라고 생각했다.

택배 기사는 팔레트를 심연으로 내던진 채 트럭을 출발시켰다. 세 번째 택배 상자를 잘못 배달했다는 사실, 그러나 사실일까, 아무튼 이 사실을 모르는 채로. 아니, 실은 여섯 상자를 배달해야 할 건물에 일곱 상자를 배달했다는 사실, 역시 사실일까, 이를 모르는 채로. 그러면 세 번째 상자는 어디서 나타났던 것일까? 택배 기사는 상자가 하나 더 있었다는 사실…을 알고 있었을까? 세 번째 상자가 이 세계에 기입될 때… 택배 기사의 트럭 짐칸에는 아직 배달되지 않은 크고 작은 상자들이 많이도 실려 있었다. 트럭이 출발했다. 경비원이 응시하고 있던 풍경에서 1톤 트럭이 사라졌고, 꼭 그만큼 흐려졌다. 그때, 눈이 내리기 시작했다. 경비원은 눈을 크게 감았다 떴다. 눈이 오고 있었다. 하얀 눈송이들이 직선과 사선으로 떨어지고 있었다. 집 밖 복도로 나온 재형은 택배 상자를 집어 들기 전 복도 창문을 보았다. 하얀 눈송이가 나선으로 떨어지고 있었다. 실내복 차림이었던 재형은 마른기침을 내뱉으며 택배 상자를 안으로 들였다. 고양이용 습식 사료. 주머니쥐와 해초 캔 12ea. 재형은 의아함을 감추지 못하고 주위를 두리번거렸다. 수취인란에 재형의 이름이 적혀 있었다. 재형은 어쩔 수 없이 상자를 들고 일단 안으로 들어왔다. 책도, 음식도 아니라면 누가 보낸 것인지…? 아니, 습식 사료라고 적혀 있으니 일단 음식이기는 하지만…. 재형은 책들이 마구 쌓여 난장판에 가까운 식탁을 둘러보았다. 『소품집』이 여기 있었군… 『유년시절』도… 그러다 그의 눈에 『잉그리드 카벤』이 들어온다. 그 책이 그에게 미친 영향은 미미했다. 혹은 그가 그렇다고 생각했다. 다만 그 책은 그가 전에 살던 집 다용도실 세탁기 위에 맥락 없이 몇 년 동안 놓여 있었고, 거기서 햇빛에 표지가 바래 갔다는 사실 하나로 인해 그에게 어떤 영향을 선사하기는 했다. 책을 그렇게 방치하다니… 일부러 그런 건 아니었다. 어쩌다 그렇게 되었을 뿐이다. 어쩌면 이런 이유에서일지도 모른다. 그는 그 책을 두세 번 읽었고, 그러는 동안 그의 기억에 남게 된 구절이 있었다. 도주 중인 커플이 있었다. 도주 중이었으므로 그림을 소지하기가 거추장스러웠다. 둘 중 하나가 그림을 두고 가지 않으려고 하자 다른 하나가 그림이 실은 가짜라고 말했다. 그러자 그림을 지키려는 사람이 말했다. "그러면 우리는, 우리는 진짜인가?" 재형은 책들을 밀치고 공간을 만들어 상자를 내려놓고 다시 한번 겉면을 확인했다. 서울 마포구 포은로 65, 1동 402호. 최재형. 재형의 주소가 확실했다. 누군가 잘못 보냈을 거야, 재형은 생각했다. 세 시 55분. 재형은 냉장고를 열고 사과 한 알을 꺼냈다.

희미한… 격렬하고 그리운… 그는 천천히 기지개를 켜고 나른히 다가오는 암갈색 고양이를 보았다. 그의 눈앞에 고양이가 있었다. 고양이가 그를 바라보았다. 그들이 서로를 바라보는 동안 시간이 잠시 정지한 것처럼 둘 다 움직이지 않았다. 눈도 깜박이지 않았다. 그런데 고양이는 누구를, 무엇을 보고 있는가? (그는 고양이가 자신을 보고 있다고 생각하지 않았다. 그때까지 그는 자신이 지난밤 한 번 죽었다는 사실만 기억해 냈을 뿐, 아무것도 생각하지 않고 있었다. 그저 희미한… 그리움…을 격렬하게… 느끼고 있었을 뿐이었다. 하지만 우리는 고양이가 그를 보고 있었다고, 보고 있다고 믿어야만 한다.) 지팡이 모양으로 꼬리를 치켜든 고양이가 그에게 다가와 그의 정강이에 제 뺨을 문질렀다. 가만, 그에게 정강이가 있는가? 그러니까, 그에게 신체가 있는가? 고양이는 전혀 놀랍지 않다는 듯 8자를 그리며 그의 다리 사이를 돌았다. 고양이가 그의 신체에 냄새를 묻힐 때… 고양이는 그를 통과하지 않았다. 그가 고양이에게 통과되었을 뿐이다. 그는 이 암갈색 고양이의 이름을 알았다. 과거의 일이었고, 현재의 일이다. 하지만 이름이 기억나지 않을 때, 그는 무엇을 안다고 할 수 있을까? 그는 되찾은 신체로 허리를 숙여 고양이의 뺨과 수염을 매만졌다. 그의 손은 고양이를 통과하지 않고 고양이의 표면에, 육박해 오는 실체에 닿아 있었다. 고양이의 뾰족한 턱과 세모난 귀가 공기의 흐름에 따라 미세하게 움직였다. 고양이는 기대에 찬 녹색 눈으로 그를 빤히 바라보았다. 그때 그는 고양이의 이름을 기억해 냈다. 그가 되찾은 신체로 입술을 움직여 고양이의 이름을 발음할 때, 마침내 그의 입에서 말이 나올 수 있었을 때, 그는 과거의 속박에서 풀려나 현재를 되찾는다. 그때 초인종이 울리고, 그는 그 소리를 듣는다. 당연하게도 그는 들을 수 있다. 고양이가 귀를 뒤로 눕히며 눈을 가늘게 뜬다. 하지만 어쩌지? 어떻게 대답하지? 그는 입술을 움직여 대답하려고 한다. 하지만 조금 전과는 달리 말이 나오지 않는다. 다시 한번 초인종이 울리고, 종이가 바스락거리는 소리가 나고, 발걸음이 멀어지는 소리가 들는다. 그는 입을 벌린 채 정지한 시간에 갇힌 사람처럼 멍하니 서 있다. 가스 점검원이 304호로 이동한다. 고양이가 8자를 그리며 그의 다리 사이를 돌고 있다.

뒷걸음질로 걸어가는 사람은 여전히 뒤로 걷고 있다. 그는 팔을 힘차게 휘젓고, 주저하지 않고 다리를 뒤로 뻗는다. 누군가의 어깨가 그의 어깨를 스치고 앞으로 나아가고, 그는 다른 보행자의 뒷모습을 본다. 휴대폰을 들여다보느라 전방을 주시하지 않고 있던 보행자가 카페 앞 입간판을 걷어차기 직전이다. 조심해! 뒤로 걷고 있던 사람이 외친다. 하지만 보행자는 그 소리를 미처 듣기 전에, 혹은 듣지 못했는지, 왼발로 입간판을 걷어차고 큰 소리를 내며 넘어지고 만다. 눈이 내리고 있다. 고개를 푹 숙이고 일어선 보행자가 주위를 두리번거리며 손에서 놓친 휴대폰을 찾는다. 뒤로 걷는 사람은 그 휴대폰이 날아가던 궤적을, 보행자가 고꾸라지던 각도를, 입간판이 쓰러지며 낸 소리를 모두 정확히 안다. 그는 안타깝지만, 걸음을 멈추지 않고 계속해서 뒤로 걸어간다. 넘어졌던 보행자는 손을 툭툭 털고 되찾은 휴대폰을 점퍼 주머니에 소중하게 넣고 약간 움츠러들긴 했지만 앞을 똑바로 바라보며 걷기 시작한다. 지금은 흩날리는 정도지만 잠시 후 폭설이 쏟아지기 시작하면 보행자들과 자동차들, 기타 탈것들은 더욱 주의를 기울여야 할 것이고, 우리는 눈을 크게 뜨고 보아야 할 것이다. 앞이 잘 보이지 않을 수도 있으니까. 눈이 모든 풍경을 집어삼키려고 들 테니까.

세 시 59분. 아파트 옆 조그만 상가에 있는 부동산 안에서 중개인이 등유 난로 가까이 앉아 벽에 걸린 행정구역도를 바라보며 묻는다. “커피 줄까요?” 방금 전 보고 온 집이 그럭저럭 마음에 찼던 세입자(그의 이름은 박현용이라고 하자.)가 고개를 끄덕인다. 중개인이 전기 포트로 물을 끓이는 동안, 세입자는 이레부동산이라는 글자에 대부분 가려진 유리창 너머를 바라본다. 눈이 내리고 있다. 물이 끓는 소리, 종이컵에 믹스 커피 한 봉지를 탈탈 털어 넣는 소리, 물을 붓고 티스푼으로 두어 번 젓는 소리가 나고, 중개인이 유리 상판 아래 레이스가 깔린 낮은 테이블에 종이컵을 내려놓는다. “감사합니다.” 박현용이 말한다. “그런데 왜 아직 면허를

안 땄어요?” 중개인이 묻는다. 박현용은 잠시 망설이다 대답한다. “부주의한 사람들이 무서워서요.” 그리고… “제가 부주의한 사람일 수도 있고요.” 중개인이 웃음을 터뜨리며 자기 몫의 커피를 후후 불고 마신다. “아까 그 집이 참 괜찮은데.” 중개인이 말한다. “어제 본 집보다 낫지 않아요?” 박현용은 그렇다고 생각하며 고개를 끄덕인다. 하지만 아직 보지 않은 집들 중에 더 나은 집이 있지 않을까? 아직 가 보지 않은 구역들 중에… 박현용은 행정구역도를 멀거니 올려다보며 커피를 마신다. 중개인은 기다린다. 그때 문이 열리고, 누군가가 이마와 점퍼의 어깨와 앞자락이 조금 젖은 채로 들어와 난롯가로 다가간다. “계약하신대?” 중개인이 묻는다. 막 들어온 다른 중개인이 손수건을 꺼내 얼굴을 훔치며 대답한다. “내일까지만 생각해 보시겠대.” 그러고는 박현용을 향해 고개를 끄덕하고는 낮은 테이블 앞으로 다가와 소파에 털썩 주저앉는다. “겨울에 집 보러 다니기 힘드시죠?” 다른 중개인이 묻는다. “괜찮습니다.” 박현용이 대답한다. “406호 보고 오신 거지? 그 집이 나쁘지 않아요. 오늘 날이 흐려서 잘 못 보셨겠지만 낮에 해도 잘 들고.” 박현용이 다 마신 종이컵 가장자리를 구기며 조금 전 보고 온 집을 떠올린다. 참 당당한 고양이였지. 고양이를 그렇게 가까이서 본 건 처음이었어. 박현용은 생각한다. 중개인들은 참을성 있게 기다린다. 전화벨이 울리고, 한 사람이 응답한다. “두 사람 사실 곳, 주차할 수 있어야 하고… 방 세 개? 있을 것 같은데… 좀 찾아볼게요. 네, 한번 방문하세요. 네, 내일.” 통화가 종료된다. 박현용은 우리가 살아가는 데 필요한 조건들을 다시 한번 생각한다. 박현용이 운전면허 연수를 받던 날, 10여

년 전, 그보다 먼저 출발한 응시자가 기어를 잘못 변경해 조그만 트럭이 경사로에서 미끄러지듯 후진한 일이 있었다. 트럭은 금방이라도 박현용의 2종 보통면허 연습용 5인승 승용차를 들이받을 것처럼 빠르게 내려왔다. 그러나 사고가 발생하지는 않았다. 아마도 트럭 응시자 옆에 타고 있던 강사가 빠르게 조치를 취했던 모양이었다. 그 사람들은 그런 상황에 익숙하겠지, 박현용은 생각한다. 박현용은 잔뜩 구겨 공처럼 둥글게 말다 만 종이컵을 버릴 휴지통을 찾다가 마음을 굳힌다. "아까 그 집 계약하겠습니다." 박현용을 안내했던 중개인이 해사하게 웃으며 볼펜을 찾아 책상 위를 더듬는다.

205호, 운동하는 사람이 운동하고 있다. 예컨대 스쿼트를. 그는 흘러나오는 음악의 박자에 맞추어 어깨너비보다 조금 넓게 벌린 두 다리를 접었다 편다. 그가 무슨 생각을 하고 있는지는 알려지지 않는다. 음악이 너무 빠르기 때문일 것이다. 아마도. 네 시 5분. 그가 어떤 이유에서 이 시간에 운동에 매진하고 있는 것인지도 우리는 알 수 없다. 하지만 그의 자세를 관찰할 수는 있다. 집 안에 눈이 내리고 있지는 않으니까. 그가 목에 두른 수건으로 얼굴을 닦고 다시 천천히 다리를 구부렸다가 펼 때, 우리는 제대로 펴지지 않은 그의 허리를 본다. 몇 분 전 팔굽혀펴기를 할 때는 몸이 일직선이 아니라 곡선을 그리고 있었지… 우리는 그에게 허리를 똑바로 세워야 한다고 직접 말해 줄 수는 없지만, 그가 바른 자세로 운동하게 해 줄 수는 있다. 놀라운 일이다. 그는 방향을 바꾸어 꺼진 텔레비전에 자신의 모습이 비치도록 한다. 그리고 다시 얼굴을 닦고 천천히 다리를 구부렸다가 펴는데, 이번에는 허리가 세워져 있다. 그때 그의 혀 밑 왼쪽으로 혓바늘 하나가 슬며시 돋아난다. 그는 만족한 얼굴로 무릎이 모이지 않도록 주의하며 다리를 구부린다. 하나, 둘, 하나, 둘. 벽 가까이 놓인 조그만 아령 한 쌍이 그를 지켜보고 있다. 빠른 비트의 댄스음악이 현관문 밖으로 새어 나가고 있다. 하지만 그것은 다른 집들로 스며들 정도로 크지는 않아서 다른 거주자들은 방해를 받지 않을 수 있다.

그리고 우리의 경비원이 지켜보는 호랑이와 카메라맨과 러시아 연구자들과 내레이터의 여정도 끝나간다. 잠복 89일째 철수했던 카메라맨은 다음 해 연해주로 돌아갔다고 한다. 호랑이들이 화면 너머에서 어슬렁거리고 있다. 보이지 않게. 여러 달 허탕을 쳤던 러시아인 연구자가 해안 근처 산악 지대에서 호랑이 발자국을 찾았다고 전해 온다. 경비원은 기대에 차서 고개를 숙여 얼굴을 휴대폰 화면 가까이 가져간다. 당장이라도 화면 속으로 들어갈 것처럼. 쓰러진 사슴이 산의 허연 능선과 중첩되고 곧 사라진다. 호랑이 발자국이 클로즈업된다. 암컷이다. 러시아인 연구자가 말한다. 새끼 호랑이들이 근처에 있다. 경비원은 무심코 철제 책상 서랍을 열고 안쪽 깊숙한 곳을 더듬는다. 네 시 20분. 하지만 경비원을 위해 시간을 좀 앞당기도록 하자. 그래도 될까? 물론이다. 경비원과 교대할 사람이 서둘러야 하겠지만, 그는 자신이 서두르고 있다는 사실을 인지하지 못할 것이다. 시간들이 어긋나고, 결속하고, 미끄러지고, 응고되는 동안 여기저기서 보이지 않는 심연들이 나타나고, 사라지고, 또 나타나고, 존재한다. 그렇게 경비원의 시간은 여섯 시 1분이 된다. 어느새 교대 근무자가 정확한 출근 시간에 나타나 경비 초소의 문을 열 때, 경비원은 서랍 안에서 소주 팩 하나를 찾아낸다. 그러고는 만족스럽게 서랍을 닫을 때, 행운의 편지는 누구에게도 읽히지 않은 채로 서랍 속 심연으로 가볍게 날아든다. 동료가 경비원의 어깨를 툭툭 치고, 경비원은 소주 팩을 뜯으며 어깨너머를 돌아보면서도 동료가 두 시간 정도나 빨리 도착했다는 사실에 놀라지 않는다. 그건 사실이 아니니까. 그의 동료는 제시간에 출근한 것이니까. 그가 취하지 않을 정도로만 마시고 안전하게 눈길을 걸어 귀가할 수 있기를. 이 정도는 물이지, 경비원이 생각할 때, 호랑이가 화면을 장악하며 모습을 드러낸다. 화면 속 시간이 정지한 듯 보일 정도로 호랑이는 슬로모션으로 걸음을 옮긴다. 경비원은 감탄한다.

다 합쳐서 서른여섯 가구 중 열두 집을 방문한 가스 점검원은 퇴근할 때까지 얼마나 남았는지 확인하며 우리의 아파트를 빠져나왔다. 눈이 오고 있었다. 가스 점검원은 옷깃을 세우고 점퍼 앞섶을 부풀렸다. 공용 화단에 다시 나타난 고양이들이 그런 뒷모습을 조용히 지켜보았다. 가스 점검원이 작은 발걸음을 앞으로 내딛었다. 다른 보도블록들과 단단히 맞물리지 않은 블록 하나가 덜컹거렸다. 하지만 가스 점검원은 개의치 않고 당당하게 다음 건물로 향했다. 그의 정수리와 어깨에 조그만 눈송이들이 떨어졌다가 이내 녹아 사라지고 있었다.

자전거포 주인은 무료한 얼굴로 조그만 벽걸이 텔레비전으로 연합뉴스를 보고 있다. 인도네시아 동계올림픽을 보름 앞둔

오늘… 김 최고 위원이 페이스북에 게시한 글에서… 이탈리아 인근에서 좌초된 선박이… 어젯밤 평택화성고속도로 안녕 방면에서… 그는 문득 커피를 사 오지 않았다는 것을 깨닫는다. 그래서 그가 무료한 표정을 할 수밖에 없었는지도 모른다. 그에게는 카페인이 필요하다. 눈발을 헤치고 자전거를 사거나 수리하러 오는 손님은 드물다. 그는 가게를 일찍 닫기로 결심한다. 또 하나의 사건 사고 소식. 어젯밤 영동고속도로 인천 방면 둔내터널 부근에서… 그는 반사적으로 텔레비전을 향해 몸을 돌린다. 화면에는 눈부신 설경과 심각하게 망가진 흰색 SUV 차량이 나타나 있다. 이 사고로 두 명이 그 자리에서 사망했고… 사고 원인은 조사 중… 그는 영동고속도로와 둔내터널을 알았다. 평창으로 자전거를 타러 갈 때마다 여러 번 왕복한 길이다. 그는 반파된 차량이 자신이 소유한 차와 동일한 모델이라는 것을 알아차린다. 그가 평창으로 갈 때마다 자전거를 싣고 운전했던 차다. 사고 뉴스가 지나가고, 경주에서 신라 시대 유물이 새로 발견되었다는 뉴스가 이어진다. 그는 유물에는 관심이 없다. 그는 가게 안을 둘러보고, 조명을 끄고, 유리문을 잠그고, 마지막으로 셔터를 내린다. 그의 정수리와 어깨에도 눈송이가 내려앉는다. 그는 가까운 곳에 산다. 걸어서 10분 정도면 도착하는 곳이다. 그러므로 그가 커피 한 잔을 사서 집으로 돌아갈 때까지 어떤 사고가 일어날 확률은 극히 적을 것이다. 하지만 우리는 그의 안전을 확실하게 보증할 수 있다. 그렇게 하면 되니까. 그는 이웃한 카페에서 아메리카노 한 잔을 테이크아웃해 집으로 돌아간다. 장갑을 끼지 않은 손이지만 딱히 시리지는 않다. 앞서 등장했던 누군가의 바람처럼 눈이 내려 모든 것을 따스하게 덮고 있기 때문이고,

한겨울치고 기온이 대단히 낮지는 않으며, 그의 손에는 따뜻한 커피가 들려 있으므로. 그가 이제 모퉁이를 돈다. 멀리서 소형 세단 한 대가 전조등을 켜고 천천히 다가온다. 그 차는 조심스레 골목을 빠져나올 것이다. 그와 차는 1.4미터의 거리를 사이에 두고 서로를 지날 것이고, 다시는 마주치지 않을 것이다.

그리고 우리의 아파트 6층에는 아직도 잠든 이가 있다. 그의 잠을 깨우지 않기로 하자. 그의 아버지가 일주일 전 고아가 되었으니까. 예기된 일이었지만 누구도 예상하지 않았던 일이다. 그는 꿈속에서 햇빛 쏟아지는 주방에 있다. 그는 찬장을 열어야 한다. 그는 찬장을 열며 할머니, 왜 죽었어, 하고 묻는다. 답변은 없다. 뒤를 돌아보면 아무도 없다. 생생하고도 생경한 꿈이다. 그와 아버지는 할머니 방의 가구들을 치우지 않았다. 그는 세탁기 뒤에서 할머니가 빈 샴푸 통에 감춰 둔 진주들을 찾아냈고, 다시 감추었다. 감춘 것들은 곧 드러나게 되어 있다. 그는 꿈속에서 할머니가 없는 집 안을 돌아다닌다. 책장 맨 위에는 신발 상자와 장난감 상자가 쌓여 있다. 그가 중학교 때 그렸던 그림도 한 장. 아마 그럴 것이다. 어릴 때 그는 아버지가 쓰던 견고한 나무 책상을 갖고 있었다. 그리고 어느 날 그 책상은 버려졌다. 그는 되찾은 책상 앞에서 어린 시절을 떠올렸다. 그는 그 책상 앞에서 많은 일들을 했고 동시에 많은 일들이 불가항력적으로 일어났다. 유리 상판이 여러 조각으로 깨지고, 그가 잠에서 깨어나는 순간, 유리 조각 하나가 그를 위협해 다시 꿈속으로 끌고 들어간다. 풀밭 위의 벌거벗은 점심, 비단실 가발, 도시에서 가장 높은 빌딩, 머리채를 늘어뜨려 폭우로 불어난 물줄기에 휩쓸려 간

들쥐들을 구조하는 일, 돌아오지 않는 익사자들, 따가운 햇빛, 넙치들, 젖은 몸, 물방울을 뚝뚝 흘리며 비린내를 풍기는 몸들, 칼바도스, 럼, 무덤의 묘지들과 묘지의 표지들, 기나긴 꿈, 꿈속의 꿈, 고등학교 2학년 2학기 기말고사 작문 시험문제: 토끼와 거북이가 경주를 한다. 거북이가 먼저 출발하면 토끼는 거북이를 영원히 따라잡을 수 없는데, 그 까닭은 거북이가 이동한 거리의 절반을 토끼가 따라잡는 동안, 거북이는 전진하고, 그 거리의 절반을 토끼가 따라잡는 동안, 거북이는 전진하고, 그 거리의 절반을 토끼가 따라잡는 동안, 거북이는 전진하고… 그는 전진하다 실패하고 구두 굽이 부러진다. 그의 할머니는 신기료장수라는 말을 사용했는데… 그는 이것과 저것, 무엇과 무엇에 대한 생각을 하면서 구두 고치는 모습을 지켜본다. 구두가 너무 약해, 종잇장 같아, 국산을 사서 신어. 밑창이 너무 얇아서 못을 세 개나 박아도 소용이 없어. 언제 다시 망가질지 몰라. 그는 수선한 구두를 신는다. 날아갈 듯 몸이 가볍다. 그래서 그는 율격의 법칙에 따라 격렬하게… 그는 유리 조각의 위협보다 빠르게 발작하듯 잠에서 깨어난다. 겨울은 겨울을 의미하고, 여름은 여름을 의미하지… 그는 문득 생각한다. 네 시 19분. 우리의 시간은 아직 네 시의 영향력 아래 놓여 있다. 갓 깨어난 그는 주방 싱크대에서 수돗물로 입안을 헹구며 찬장을 쳐다본다. 할머니, 왜 죽었어. 그는 꿈속에서 했던 말을 소리 내어 말한다. 할머니, 왜 죽었어. 그는 갑자기 앞으로 고꾸라진다. 그는 운다. 여전히 수돗물이 흐르고 있고, 그가 수도꼭지를 잠그지 않는다면 물은 계속해서 흐를 것이다. 싱크대 밖으로 넘치지도 않을 것이다. 그가 혼자 울 수 있게 우리는 물러나도록 하자.

경이로운….

자전거포 주인이 아메리카노 한 잔을 손에 들고 나가고, 카페 주인은 라디오를 켠다. 카페 안은 소강상태다. 손님 하나가 이어폰을 끼고 노트북을 펼쳐 놓고 앉아 작업 중이지만 그도 곧 일어설 것이다. 눈이 내리기 시작했다고 하네요… 라디오 진행자가 말한다. 지금은 스튜디오 안이라 눈 구경을 할 수 없어 아쉽게 되었군요. 하지만 청취자 여러분과 함께라면… 카페 주인은 유리벽 너머를 바라본다. 자전거를 탄 소년이 김밥을 주머니에 넣은 채 어딘가로 달려가고, 뒤로 걷는 사람은 여전히 뒤로 걷고, 고양이들은 흩어졌다 모이기를 반복하며 보이지 않는 곳에서 가끔 울음소리를 낸다. 시베리아의 호랑이를 지켜보던 경비원은 이미 집으로 돌아갔고, 새로운 세입자는 계약서를 살펴보는 중이다. 꿈꾸는 사람은 꿈을 꾸는 중이고, 잠든 사람은 여전히 잠들어 있다. 아무도 죽지 않고 아무도 다치지 않는 시간이 기적적으로 지나가고 있다. 기적이 아니기를. 카페 주인은 자기 몫으로 커피를 한 잔 내리고 음악이 나오기 시작한 라디오 볼륨을 높인다. 익숙한 멜로디가 흘러나오고, 이어폰을 끼고 작업하던 손님이 귀에서 이어폰을 뺀다. If you fall I'll catch you and I'll be waiting… 시간이 흐르고… 시간이 흐른다…. 손님과 카페 주인이 같은 멜로디에 맞추어 어깨를 들썩거리고, 둘 중 누군가는 어떤 기억을 떠올리며 보이지 않는 심연을 응시한다. 여기서는 보이지 않는 누군가가 택시에서 내리고, 그래, 누군가들이 대파 한 단을 장바구니에 담고, 잃어버렸던 장갑 한 짝을 찾고, 개의 배설물을 봉투에 담고, 살면서 처음으로 눈 오는 도로에서

차를 운전한다. 그 누군가들은 버스를 기다리며 책을 펼쳤다가 활자에 눈이 떨어져 도로 덮기도 하고, 너무 커서 자꾸만 눈을 덮는 털모자를 뒤로 젖히기도 하고, 눈앞에서 시간이 확장과 수축을 반복하고 있다는 걸 모르는 채로, 안전하게, 전동 드릴을 전원에 연결하기도 한다. 카페 주인이 정면 바닥에 심연이 잠시 나타났다 사라졌다는 걸 모르는 채로 유리벽 밖을 보고 있을 때, 눈이 내리고, 눈이 내리고 있고, 사람들이 지나가고, 노래가 잦아든다. 신디 로퍼의 곡으로 에바 캐시디가 부른 버전을 보내 드렸습니다… 라디오 진행자가 말한다. 작업을 마친 손님이 노트북을 덮고 자리에서 일어난다. 그는 이미 계산을 마쳤다. 그는 노트북과 전원 케이블을 배낭에 넣고, 이어폰을 꽂고, 마지막으로 두고 가는 물건이 없는지 확인하고, 카페 주인에게 가볍게 인사한 뒤, 유리문을 열고 눈 내리는 거리로 나선다. 아무도 죽지 않고 아무도 다치지 않는 시간이 이어지고 있다. 적어도 우리의 페이지 안에서는.

505호에 사는 사람은 조금 이르게 퇴근해 집으로 돌아온다. 편의점과 분식점과 경비 초소를 지나는 짧은 시간 동안, 그는 뭔가 달라졌다고, 평소와는 다르다고 느낀다. 그가 한 시간 반 먼저 퇴근했기 때문일까? 아니면, 눈이 내리고 있어서일까? 그는 언 손을 녹이며 공용 출입문 비밀번호를 누른다. 문이 열리고, 그가 건물로 들어선다. 엘리베이터는 1층에 머물러 있다. 그가 엘리베이터에 타고, 엘리베이터가 상승하고, 그는 5층에 내려 505호 현관문 앞으로 간다. 택배 상자가 하나 놓여 있다. 크고 무거워 보이는 상자다. 그 안에 무엇이 들었을지 우리로서는 알 수 없다. 그는 누군가의 생년월일로 조합된 비밀번호를 입력해 505호의 문을 열고, 상자를 끌어당기고, 자신의 집으로 들어간다. 문이 닫히고, 우리는 궁금해한다. 이 세상에 존재하는 모든 비밀번호들 중에서 생년월일과 생몰월일이 차지하는 비율이 각각 얼마나 되는지에 대해.

404호의 아이는 여전히 배영을 연습하고 있다. 애초에 물속이 아닌 곳에서 수영을 연습한다는 건 말도 안 되는 일인지도 모른다. 하지만 말도 안 되는 일은 가끔 일어나는 법이며, 무엇보다도 아이는 기본 영법을 익혀야 한다. 아이는 수영을 독학하기 시작한 이후로 부모의 술을 몰래 마시지 않는다. 아이는 아직 아이이고, 아직 시간이 많으므로, 물을 잡는 법이나 수경을 쓰지 않고 물속에서 눈을 뜨는 법, 오른손잡이인 아이가 자유형에서 왼쪽으로 호흡하는 법, 파도를 넘는 법, 파도에 휩쓸리지 않는 법, 절대로 가라앉지 않는 법, 입영하는 법을 늦지 않게 배울 수 있을 것이다. 아이의 왼쪽 손날이 바닥을 치고, 오른쪽 손날이 바닥을 친다. 아이의 어머니와 아버지가 집으로 돌아오고 있고, 아이에게는 오늘 30여 분의 시간이 남아 있다. 텔레비전에서는 오후 3시 뉴스에 이어 오후 4시 뉴스가 방송되고, 우리가 알다시피 오후 3시 뉴스와 오후 4시 뉴스 사이에 큰 차이점은 없다. 하지만 아이는 아나운서의 단조로운 목소리와 기자들의 다급한 목소리들이 전하는 사건 사고 소식에는 큰 관심이 없고, 그래서 우리는 안도할 수 있다. 10년이 지나기 전에 아이는 제주도에서, 남태평양의 어느 섬에서, 하와이에 속한 어느 섬에서 프리 다이빙에 나설 것이다. 바다는 검고, 아이는 흴 것이다. 한밤중 가로등 환한 고속도로에 떨어지는 눈송이처럼. 더는 아이가 아닌 아이가 마침내 수면 위로 올라와 오래 참았던 숨을 한꺼번에 들이마실 것이다. 우리는 그 장면을 볼 수 있을까. 볼 수 있다. 이미 보았기 때문이다.

희미한… 그러나 격렬하고… 점차 명료해지는… 그리운… 암갈색 고양이는 그를 빤히 쳐다보고 있다. 창밖 마른 가지 사이에 있던 녹색 고양이가 결코 만날 수 없을 어느 고양이를 그리워하며 낮고 단조롭게 울음소리를 낸다. 암갈색 고양이는 홀로 정지된 시간에 갇힌 것 같은 그를 지켜본다. 암갈색 고양이는 그를 그리워했는가? 이 경우에는 그렇지 않다. 고양이는 그저 먹이에 대한 기대와 흥분으로 익숙한 체취를 한껏 들이마시며 갸르릉 소리를 낸다. 그러고는 길고 가느다란 두 앞다리를 앞으로 쭉 뻗은 뒤 그를 지켜보며 식탁 옆 골판지 상자를 발톱으로 느릿느릿 긁었다. 어디선가 자신을 애타게 찾는… 그리운… 같으면서도 다르고 다르면서도 같은 존재들의 울음소리가 암갈색 고양이에게까지 들려온다. 고양이는 귀를 쫑긋한다. 이 모든 고양이들에게는 영동고속도로도, 눈밭도, 구급대원도, 누군가가 어느 고양이에게 먹이를 주기 위해 되살아나야만 했다는 사실도 중요하지 않다. 그런 것들은 심연 너머에 있고, 고양이들에게는 심연조차도 중요하지 않다. (그러나 노인의 지팡이와 부주의한 보행자와 자전거와 트럭은 고양이들에게 중요하다. 모두 우선적으로 피해야 하는 것들이다.) 평창휴게소에서 배를 채우고 난데없이 영동고속도로를 어슬렁거리고 있던 고양이에게도 이는 마찬가지였다. 고양이가 고속도로 갓길에서 어슬렁거리다니, 말도 안 되는 일이다. 그러나 다시 한번 말하지만 말도 안 되는 일을 우리는 살면서 몇 번쯤 마주치는 법이며, 이는 우리가 살면서 간혹 저지르고 마는 죄의 숫자보다 결코 적지 않을 것이다. 암갈색 고양이가 세 번째로 그와 눈을 마주쳤을 때, 그는 한 번 죽었던 자신이 되찾고 있는 신체로 이제부터 해야 할 일을 깨닫는다. 지킬 수 있다면 지켜야 해, 지킬 수 없어도 지켜야 한다. 그는 철제 현관문 밖으로 나간다. 반투명한 신체로 현관문을 통과하기란 어렵지 않다. 그는 고양이용 습식 사료가 들어 있는 택배 상자를 내려다본다. 그것을 들어야 한다. 그는 천천히 허리를 숙이며 상자를 향해 팔을 뻗는다. 하지만 그의 손가락은 종이 상자와 알루미늄 캔과 가공된 고기를 그대로 통과하고 만다. 그는 운다. 그가 흘리는 눈물이 그가 갓 되찾은 뺨과 턱에서 얼어붙는다. 그럼에도 불구하고 그는 다시 눈물을 흘릴 수 있다. 그는 종이와 알루미늄과 한때 어느 동물이었을 가공육을 헤집으며 운다. 미처 얼어붙지 않은 눈물이 바닥으로 떨어지지만, 그의 눈물이 바닥을 통과하지 않아도 좋을 것이다.

눈 덮인 화단의 고양이들이 원하는 방향으로 흩어진다. 퇴근한 경비원이 가벼운 발걸음으로 집으로 돌아간다. 그는 계곡을 어슬렁거리던 호랑이와 마주친 카메라맨의 고백을 떠올린다. 무서웠나요? 아니요, 아름다웠습니다. 두 번째 잠복에서 카메라맨은 마침내 여름을 통과하는 호랑이를 영상으로 담았다. 그로부터 9년 후, 눈이 내리기 때문인지, 혹은 용감하게 페이지를 벗어나는 존재들 때문인지, 아니면 안전하게 페이지 안에서 머무는 존재들 때문인지, 잔뜩 흐려지는 풍경 속에서, 퇴근길의 경비원은 자신이 살아 있음을,

그 무엇보다도 강렬하게 살아 있음을 안다. 개들이, 사람들이 그와 동행하고, 무엇보다도 호랑이의 그림자가 그의 옆을 지키고 있다. 눈발이 거세지기 시작한다. 커다란 눈송이가 떨어지고, 호랑이가 설원을 달려가고, 죽었던 자들이 살아나고, 산 자들이 죽지 않는 시간, 곧 해가 질 것이고, 우리는 마지막으로 보아야 할 것이 있다. 우리의 아파트 401호에서 행복한 아기 자세에서 풀려난 여자가 거실 창문을 열고 차가운 공기를 깊이 들이마신다. 지킬 수 있다면 지켜야 해, 지킬 수 없더라도 지켜야 한다. 여자는 저도 모르게 혼잣말을 하다가 흠칫한다. 그런데 왜.

사거리에서 한 보행자가 빨간 신호등 앞에서 걸음을 멈춘다. 오랜 세월 닳고 닳은 보도블록이 그의 눈에 거슬린다. 하지만 그에게는 커다란 목표가 있다. 그는 방금 우주의 비밀을 간파했다. 벽돌을 쌓으려면 벽돌이 있어야 하지… 그리고 바닥이 있어야 한다… 하지만 5차원의 공간이라면… 빛은 입자인가, 파동인가? 그는 답을 안다. 빛은 빛이다. 그는 빛이 곧 빛이라는 사실을 누구에게라도 당장 알리고 싶다. 그가 감격하는 동안, 파란 신호가 켜진다. 30초. 25초. 15초. 5초. 파란 신호등이 명멸하는 동안, 그는 초등학생 시절 사용하던 책상 전등 스위치에 점등/소등이라 적혀 있었던 걸 기억한다. 점등하면 빛이 생겨나고, 소등하면 빛이 꺼진다. 그렇게 쉬운 거였어… 빛은 빛이었어… 그는 이처럼 새로운 깨달음에 전율하며 무작정 앞으로 달리기 시작한다. 흰색, 검은색, 흰색, 검은색. 총알처럼 달려가는 그를 목격한 20미터 전방의 킥보드 운전자가 속력을 낮춘다. 배달 오토바이가 아슬아슬하게 킥보드를 지나친다. 그들 모두가 헬멧을 쓰고 있기를. 아니다. 우리는 바라지 않아도 좋다. 그들이 이미 모두 헬멧을 쓰고 있으므로. 바닥이 있고… 벽돌이 있다… 그리고 심연이… 이제 막 우주의 비밀을 해독한 사람이 기쁨에 겨워 돌진한다. 그를 위해 음악이 있어도 좋을 것이다. 마침 마지막 손님을 내보낸 미용사가 라디오 볼륨을 높인다. 벽돌을 쌓으려면 벽돌과 바닥과 중력과 사람이 있어야 한다… 입자도 파동도 아닌 자가 눈발이 굵어진 거리를 달려간다. 페이지 너머로. 전속력으로. 입자 혹은 파동이 될 때까지. 빛의 속도에 도달할 때까지.

401호에서 저녁을 준비하려는 여자가 냉장고를 열고 안을 들여다본다. 여자가 냉장고 문을 두세 번 여닫으며 꺼내는 품목들: 달걀 하나, 셀러리, 대파, 애호박, 감자, 양파, 마늘, 가지. 야채들은 제법 싱싱하다. 여자가 언제부터 냉장고의 식재료들을 늘 신선한 것들로 유지하고 있는지 우리로서는 알 수 없다. 하지만 흥미로운 일이다. 여자는 냉장고 옆 찬장을 열고 고형 카레 한 팩을 꺼낸다. 카레를 끓이는 데 필요한 도구들: 도마, 칼, 냄비, 그리고… 우리의 시선. 우리는 감자 껍질을 벗기고 야채들을 토막 내고 냄비에 기름을 두르고 야채를 볶는 여자의 뒷모습을 본다. 여자는 왼발에 체중을 싣고 비스듬히 서서 냄비 안을 주걱으로 젓고 있다. 야채 조각들이 기름을 입고 익어 가는 냄새, 소리, 배기 후드가 돌아가는 소리, 냄새와 소리들에 거실에 켜 둔 텔레비전 소리가 묻힌다. 그리고 지금 여자는 아무런 생각을 하지 않는다. 여자는 어떤 생각도 하지 않는다. 그저 야채가 타지 않도록 젓고 있을 뿐이다. 그러다 때가 되면 역시 아무 생각도 하지 않는 채로 냄비에 물을 붓고 고형 카레를 넣어 끓일 것이다. 그러나 달걀을 부치고, 즉석 밥을 전자레인지에 돌리고, 카레가 다 끓어 한 사람의 식사가 완성되면, 여자는 다시 생각하게 될 것이다. 무엇을? 터널 안의 소란과 눈길을, 지팡이를, 거울의 표면을, 얼룩을, 경박한 말들을, 들키지 않은 사소한 죄들을, 잃어버린 반지를, 기적적으로 빠지지 않을 수 있었던 그 모든 심연들을. 여자는 도마를 물로 헹구다 싱크대 뒤쪽 조그만 창을 흘긋 내다본다. 눈이 내린다. 도심 교통이 마비되고, 신난 아이들이 집 밖으로 달려 나오고, 산책 중이던 개들이 어서 집으로 돌아가자는 사람들의 의견을 따르지 않고, 다음 날 출근길을 일찌감치 걱정하는 이들이 있다. 모자를 쓴 사람들은 모자를 벗지 않고, 가끔 우산을 펼친 사람들도 있다. 네 시 42분. 카레가 만들어졌다. 즉석 밥이 데워졌다. 달걀이 부쳐졌다. 여자는 음식을 작은 식탁으로 나르고, 의자에 앉고, 냄새를 맡고, 갑자기 울음을 터뜨린다. 혹은, 여자의 울음이 터뜨려졌다.

또 다른 택배 트럭이 경비 초소 옆 소방차 전용 구역으로 들어온다. 한 시간쯤 전 다녀간 택배 트럭과 다른 색이다. 예컨대 노란색. 로고도, 회사명도 다르다. 택배 기사는 시동을 끄고 운전석 문을 열다가 멈칫한다. 그런데 지금 몇 시지? 거센 눈발에 경비 초소 안의 상황은 보이지 않는다. 초소 안의 경비원이 주간 근무자인지, 야간 근무자인지, 현재 우리로서는 알 수 없다. 어긋난 시간에 도착한 택배 기사는 트럭에서 내리려다 말고 오늘은 이 건물에 배달할 물건이 없으며 그저 습관에 의해 그곳에 정차해 있다는 것을 깨닫는다. 택배 트럭이

다시 도로에 진입한다. 그러므로 초소 안의 경비원이 누구건, 아무도 소방차 전용 구역에 트럭이 있다는 사실에 분개하지 않아도 좋다. 버스 한 대가 비상등을 켜고 천천히 트럭의 뒤를 따른다.

지킬 수 있다면 지켜야 해, 지킬 수 없더라도 지켜야 한다. 그는 눈물을 흘리며 한때 친구였던 이의 집 현관문 앞에 서 있다. 그는 택배 상자를 들 수가 없다. 열 수가 없다. 내용물을 꺼낼 수 없다. 그는 그저 통과할 수 있을 뿐이다. 무엇이건, 고양이만 제외하고. 그는 천천히 고개를 돌려 복도 창문 너머를 바라본다. 눈이 내리고 있다. 그래, 어제도 눈이 내렸지… 그는 어제를 기억한다. 다급한 팔들, 꺼지기 직전의 목소리들… 그는 슬픔이라는 감정을 다시 이해할 수 있을 것 같다. 그렇다는 생각이 든다. 그는 창문을 향해 손을 뻗는다. 반투명한 그의 신체가 유리를 통과하고, 눈이, 눈송이들이 그의 손을 통과하는가 싶더니, 손바닥 위로 쌓이기 시작한다. 놀랍게도. 추위. 그의 살갗이 추위를 감각한다. 그의 손등 아래로 심연이 잠시 생겨났다가 이내 사라진다. 그는 그것을 본다. 그러는 와중에도 그의 손바닥 위로 눈이 쌓이고, 그는 불투명이라는 삶의 조건 중 하나를 되찾기 시작한다. 그것이 믿을 수 없어서, 그는 다른 손을 마저 창밖으로 내민다. 아직 충분히 불투명하지 않은 그의 손은 여전히 유리를 통과하고, 그 손 위에도 눈이 쌓이고, 그는 그것을 믿을 수 없어서, 이마를, 상반신을, 그리고 나머지 신체를 유리와 콘크리트에 통과시킨다. 그의 몸은 그대로 건물 외벽을 통과하고, 잠깐, 그는 약간의 고통을 느낀다. 타박상, 그래, 약한 타박상을 입었을 때의 느낌이다.

그 느낌은 길게 지속되지 않는다. 그의 몸이, 아무런 안전장치 없이 건물 외벽을 불쑥 통과한 몸이, 그가 되찾은 신체가, 아니, 그의 친구들이 되살려 낸 신체가, 잠시 허공에 머무는가 싶더니, 그대로 천천히, 아주 천천히, 눈송이처럼, 마른 가지와 쓰레기들뿐인 공용 화단으로, 풀썩 떨어진다. 소리 없이. 아니다. 소리가 났다. 적어도 마른 가지들이 몸을 웅크리고 플라스틱 커피 컵이 형편없이 구겨지는 소리가. 소리 위로, 그의 불투명한 신체 위로 눈이 내린다. 멀리 그러나 가까이, 그나마 온기를 찾을 수 있는 은신처에서, 노란색과 검정색 고양이 두 마리가 그 모습을 지켜본다. 그는 아프고… 춥다… 그리고 슬프다… 그런데… 그의 몸 위로 눈이 쌓이고, 쌓이고 있고, 그는 웃음을 터뜨린다. 기쁨… 그는 기쁘다… 그의 감정들이 되살아난다. 되살아나고 있다.

함박눈이 내려 경이로운 광택을 찾아볼 수 없게 된 차들이 도로를 메우고 있다. 온통 하얀 가운데 미등들이 붉게 명멸하고, 비상등을 켠 차들도 있다. 그중 어느 자동차는 교통 체증이 한없는 가운데 문득 상념에 잠긴다. 내세에는 정차 중 엔진이 자동으로 꺼질 수 있다면… 차는 생각한다. 와이퍼가 쉴 새 없이 둔각을 그리며 작동 중이다.

그가 몸을 일으킨다. 그의 몸에서 그새 쌓인 눈이 바닥으로 떨어진다. 그는 완벽하게 불투명한 두 손을 내려다보고, 주먹을 힘껏 쥐어 본다. 손바닥에 남아 있던 눈이 그의 체온에 순식간에 녹는다. 너무 많은 기억들이 한꺼번에 몰아치듯 떠오른다. 그는 울면서 웃고, 웃으면서 운다. 그러다 문득 암갈색 고양이를 떠올리고, 눈물을 삼키고, 웃는 얼굴로 옷을 툭툭 털고, 고개를 흔들고, 그렇게 눈을 걷어 내고, 천천히, 근육의 모든 움직임에 주의하며, 아파트로 들어간다. 이번에는 1층 공용 출입문을 통해서다. 그가 공용 출입문의 비밀번호를 알고 있는가? 물론이다. 그는 친구가 오랫동안 집을 비워야 할 때마다 이곳에 온 적이 있다. 게다가 대부분의 공용 출입문 비밀번호는 단순한 네 자리 숫자로 이루어져 있다. 당연히 아닐 수도 있다. 어쨌거나 비밀번호가 기억나지 않는다면 막 집주인을 대리해 박현용과 임대차계약서를 작성하고 퇴근을 준비 중인 부동산 중개인에게 물어보면 될 일이다. 그가 온통 눈을 맞은 채로 부동산 유리문을 불쑥 열고 들어가더라도 두 중개인은 놀라지 않을 것이다. 눈이 내리고 있으니까. 아직 퇴근하기 전이니까.

그가 건물로 들어선다. 엘리베이터가 1층에 머물러 있다. 그는 버튼을 누르고, 문이 열립니다, 엘리베이터에 타고, 3층 버튼을 누르고, 엘리베이터는 그의 무게를 느끼며 3층으로 가볍게 상승한다. 문이 열립니다. 주문이 이루어지듯 문이 열리고, 그는 또다시 303호 현관문 앞에 서 있다. 그는 현관문 앞 상자를 내려다본다. 그가 허리를 숙인다. 그의 두 팔이 아래로 내려간다. 그의 양손이 상자에 닿는다. 그가 두 손으로 상자를 가볍게 들어 올린다. 그가 상자를 들고 있다. 그의 눈물 한 방울이 상자 위로 떨어져 송장 정보의 일부가 흐려진다. 하지만 괜찮다. 이미 정확히 배달되었으니까. 그는 도어록 덮개를 젖힌다. 이제 우리는 놀라지 않아도 된다. 아무도 죽지 않고 아무도 다치지 않는 이 시간, 죽은 자가 완전히 되살아나 산 자와 구별되지 않는 지금, 이제부터 우리가 익히 알고 경험해 온 일들만이 발생할 뿐이다. 예컨대 배고픈 고양이가 몸을 길게 뻗어 그의 무릎에 뺨을 부비며 애원하는 일, 캔을 따고, 인간의 입장에서 딱히 좋다고 할 수만은 없는 냄새가 나고, 깨끗한 그릇에 내용물을 담고, 포크로 덩어리를 으깨고, 기대에 찬 고양이가 재촉하고, 마침내 고양이 앞에 밥그릇이 놓이고, 오늘의 할 일을 대부분 마친 그가 고양이를 지켜보며 온갖 감정들을 되찾는 일. 보일러가 켜져 있고, 실내 온도는 24도로 유지되고 있고, 그는 갑자기 조금 덥다. 그는 외투를 벗는데, 단추 하나가 사라졌을 뿐 찢어진 자국도, 피가 묻은 흔적도 없다. 스웨터에도, 청바지에도, 양말에도, 신발에도. 그는 식사 중인 고양이의 목덜미를 어루만지고, 고양이는 잠시 고개를 들고 만족스러운 얼굴로 그를 바라보고 다시 밥그릇에 집중한다. 집 안은 고요하고, 그는 울고 있지만, 과거의 일들과 미래에 대해서는 나중에 생각해도 좋을 것이다. 지금은 고양이가 조금 늦었지만 너무 늦지는 않게 밥을 먹고 있다는 것이 중요하다. 그는 그렇다고 생각한다. 그리운….

재형은 마르기 시작한 사과 껍질을 쓰레기통에 넣으며 창밖에서 무언가가 떨어지는 소리를 들었다고 생각한다. 정확히 말하자면 무언가가 떨어지며 바닥과 충돌하는 소리를. 재형은 거실 창문으로 다가가 아래를 내려다본다. 그러나 거센 눈발이 시야를 가린다. 재형이 이마를 바짝 붙이고 있는 동안 유리창 표면이 잠시 흐려진다. 다섯 시 15분. 재형은 돌아서서 식탁으로 간다. 잘못 배달된 택배 상자가 너무나 거슬리는 것이다. 재형은 담배에 불을 붙이고 상자를 확인한다. 송장에 적힌 주소와 이름은 분명 재형의 것이다. 그러나…

대체 재형에게 주머니쥐와 해초 캔 열두 개가 무슨 소용이 있겠는가? 재형은 발신인을 다시 확인한다. 그런데 무슨 일이지? 발신인 정보란에는 이렇게 적혀 있다. 서울 마포구 포은로 65, 1동 702호 최재형. 아까까지만 해도 영등포구라고 인쇄된 걸 본 것 같은데… 무엇보다도 이 건물에는 7층이 없다. 702호가 있다면 그 집에 최재형이라는 동명이인이 산다고 해도 이상할 일이 아니지만… 재형은 한동안 생각에 잠겨 있다가 결연한 동작으로 상자를 뜯는다.

그리고 104호와 501호에서, 길 건너 다세대주택 2층에서, 바로 옆 위층 옥탑에서, 횡단보도를 내다보는 미용실에서, 분식점에서, 주짓수 도장에서, 호프집에서, 노래방에서, 지금 이 시각, 텔레비전이 켜져 있다면, 하필 모든 텔레비전에 같은 채널이 켜져 있다면, 그것들은, 그들은 합창처럼 동시에, 이렇게 말한다. 지난밤 평택화성고속도로 안녕 방향… 안녕… 귀가 뾰족하고 허리가 날렵한 황갈색 개가 앞으로 내달리고, 개의 목줄을 쥔 이가 아득하게 기쁜 표정으로 달리듯 걷는다. 이제 현재가 미래가 될 시간이다. 혹은, 이미 현재는 미래가 되었는지도 모른다. 눈송이는 경이로운 광택이 없이도 경이롭고, 개들이, 고양이들이, 사람들이, 흩날리는 눈발을 맞으며 저마다 앞으로 내달리고 있다. 어느 모니터 화면에서 늑대가 노래하고, 한 번도 눈이 내리지 않았던 지역에도 눈이 내리고, 기상이변인가, 누군가는 생각하지만, 기적이다, 누군가가 생각할 것이다. 마침내 카메라맨이 원하던 그림을 얻고, 우리는 모를 일이지만, 괜찮아, 아니, 조금도 괜찮지 않지만, 어차피 허구는 거짓을 내포한다는 것을 우리는 오래전에 받아들였다. 과거의 일이다. 그리고 때로는 거짓이 사람을 구하기도 하니까, 그렇다고들 하니까… 카메라맨이 미처 기록하지 못했던 호랑이는 여전히 살아 있으며… 여전히 세계에 기입되어 있다. 우리 모두와 마찬가지로, 죽었다가 되살아난 자와 마찬가지로.

잠시 후, 공용 화단 옆 벽돌담 근처에 고양이용 습식 사료가 담긴 깨끗하고 깨지지 않는 밥그릇 두 개가 놓인다. 재형은 돌아서다 고개를 갸웃한다. 밥이 얼 수도 있어… 재형은 편의점으로 향하려다 지갑을 놓고 왔다는 걸 깨닫고 다시 우리의 아파트로 들어간다. 시간은 충분하다. 재형이 지갑을 챙기고, 편의점에서 핫팩 두 개를 사고, 그러다 눈에 띈 초콜릿 바 하나와 가글 한 병도 사고, 다시 아파트로 돌아와 밥그릇 밑에 핫팩을 깔고, 그것이 큰 도움은 되지 않을지라도, 일단은 만족하며 다시 자신의 집으로 돌아와 휴식을 취할 것이다. 언제나 더 좋은 방법이 있다. 아직 생각하지 않았을 뿐이다. 눈이 내리고 있다. 재형은 집에 들어가기 전 몸을 흔들어 눈을 털어 내고, 춥다고 생각할 것이고, 느낄 것이고, 심연을 자유자재로 건너뛰는 고양이들의 식사를 챙겨 줄 더 좋은 방법을 떠올릴 것이다. 눈이 내리기 때문인지, 혹은 용감하게 페이지를 벗어나고, 또다시 들어오는 존재들 때문인지, 경비원은, 혹은 경비원들은, 가스 점검원은, 택배 기사는, 행인들은 그 순간, 자신이 살아 있음을, 그 무엇보다도 강렬하게 살아 있음을 안다. 3층의 그는 불투명을 되찾은 손으로 고양이의 등을 쓸어내린다. 지킬 수 있다면 지켜야 해, 지킬 수 없더라도 지켜야 한다. 어쩌면 기만이고 위선일지도 모른다. 하지만 페이지 안에서라면, 무슨 일이 벌어지더라도 누구도 놀라지 않을 수 있는 허구 속이라면, 트럭에 받혀 가드레일을 정면으로 들이받은 승용차 안에서 한 사람쯤은 즉사하지 않아도 괜찮지 않겠는가? 생의 저편으로 건너가려던 두 사람이, 물리적이고 의학적인 죽음을 맞이하기 직전 사력을 다해, 말 그대로 사력을 다해 한 사람쯤 살려도 괜찮지 않겠는가? 고양이들이 눈발 너머로 재형을 주시한다. 고양이의 시력이 인간의 그것보다 나은지는 알 수 없으나, 어쩌면 지금만큼은 그럴 수도 있을 것이다. 4층의 아이는 배영을 연습한다. 부모가 돌아올 시간이 다 되었다. 마무리할 때다. 하지만 괜찮다. 아이는 내년부터 물에서, 실재하는 물에서 수영할 수 있을 것이다. 눈이 내리고 있다. 눈은 이 페이지 안에서 영원히 그치지 않을 예정이다. 카메라맨이 떠나고, 다시 돌아오고, 다시 떠나고, 다시 돌아온다. 겨울이다. 혹한이다. 겨울치고는 춥지 않은 날이다. 따스한… 구급대원들이 저마다의 방식으로 휴식을 취하고 있다. 죽은 자들은 죽었고, 과거의 일이다. 되살아난 자가 기지개를 켜는 고양이의 등을 어루만진다. 따스하다. 식사를 마친 여자가 식기를 정리한다. 재형은 뭔가 쓸 수 있을 것 같다고 생각하며 식탁에 앉는다. 전등을 켜고, 라디오를 켠다. 귀에 익은 노래… 서울에 함박눈이 내리고 있습니다. 운전자들은 주의하시길 당부드립니다. 신디 로퍼가 부릅니다. 타임 애프터 타임. 주차장의 고양이들이 내리는 눈을 지켜보고 있다. 그들은 곧 배를 채울 수 있을 것이다. 뒤로 걷던 사람도 뒤로 걷기를 멈추었다. 어쨌거나 눈이 내리고 있는 것이다. 시베리아 설원의 호랑이들도 내리는 그 눈을 지켜보고 있다. 그곳도

겨울이다… 눈이 내리고 있다… 눈이 내리면서 풍경이 하얗게 지워지는데… 어찌 된 일인지 모든 이들이 강렬하게, 더없이 강렬하게 살아 있다. 심연 속에서도 살아 있기를 멈추지 않고 있다. 어쩌면 죽은 자들조차 살아 있다… 이는 거짓말이다. 아니, 거짓말이 아니라 바람이다. 조금 벌어진 문틈으로, 시간의 틈으로, 어긋난 시간 사이로 스며드는 바람, 그 바람이 불고 있다. 그 바람에 살아 있는 모든 존재가 사력을 다해 펄럭이고 있다. 다섯 시 25분, 혹은 여섯 시 37분. 이제 우리가 가뿐한 마음으로 페이지를 벗어날 시간이다. 가정법이 미래 시제가 될 차례다. 여섯 시 뉴스가 대기 중이다.

워크룸 한국 문학
입장들

우리가 당면하게 된 이름들.

이상우, warp
정영문, 강물에 떠내려가는 7인의 사무라이
정지돈, 우리는 다른 사람들의 기억에서 살 것이다
배수아, 멀리 있다 우루는 늦을 것이다
한유주, 우리가 세계에 기입될 때
김예령,
김유림,
강보원,
,
윤해서,

입장들

발행.
워크룸 프레스
편집.
김뉘연
제작.
세걸음

한유주
우리가 세계에 기입될 때

초판 1쇄 발행. 2021년 10월 31일
2쇄 발행. 2022년 5월 31일

ISBN 979-11-89356-61-3 04810
978-89-94207-87-2 (세트)
12,000원

워크룸 프레스
03035 서울시 종로구 자하문로19길 25, 3층
전화. 02-6013-3246 / 팩스. 02-725-3248
메일. wpress@wkrm.kr
workroompress.kr / workroom.kr

한유주

소설가. 『달로』, 『얼음의 책』, 『나의 왼손은 왕, 오른손은 왕의 필경사』, 『불가능한 동화』, 『꿇인 콩의 도시에서』, 『연대기』, 『숨』 등을 썼다.